Monika Helfer
Mein Mörder

Monika Helfer

MEIN MÖRDER

Roman

Piper
München Zürich

ISBN 3-492-04184-1

Gesetzt aus der Garamond
Satz: Uhl + Massopust, Aalen
Druck und Bindung: Clausen & Bosse, Leck
Printed in Germany

Für meinen
Enkel Oskar

Ich kenne einen Mörder. Ich habe ihn nicht verraten. Ich bin schließlich ein Kind und ohne Verantwortung für das, was auf der Welt geschieht.

Ich heiße Ferdinand wie mein Großvater, ihm blieb am Tag meiner Geburt das Herz stehen. Das ist sicher der Grund, warum sie mich Ferdinand getauft hat. Weil nichts von ungefähr kommt. Weil alles Schicksal ist. Ich sollte wohl werden wie er. Er hat wahrscheinlich Menschen im Krieg getötet. Meine Mutter behauptet, Töten sei in diesem Zusammenhang der falsche Ausdruck, weil es unfreiwillig geschehen sei. Man müsse fragen, warum einer getötet habe. Sie denkt nicht klar in dieser Angelegenheit. Das war meine Meinung. Töten ist Töten, und das Warum ist nur eine Frage. Mein Großvater ist nicht verschont geblieben. Er hat als Pfand sein abgefrorenes Bein in Rußland zurückgelassen. Wenn er, angenommen, das Leben zurückgäbe, das er abgeschossen hat, könnte er auch sein Bein abholen. Manchmal redeten meine Mutter und ich beim Abendessen über diese Sache. Ich habe ihr meine Meinung dargelegt. Sie hat mir recht gegeben. Sie schlug vor, zwischen echtem und unechtem Töten zu unterscheiden. Das konnte ich einsehen. Echtes Töten ist ein Gewaltverbrechen und gehört bestraft.

Mein Mörder tötete freiwillig zwei Menschen, und trotzdem sehe ich in ihm keinen Gewaltverbrecher. Ich kann beim besten Willen nicht sagen, warum. Er lenkte mein Leben in eine Richtung, die mir angemessen erschien. Er ist wie mein Bruder. Manchmal überkommt mich eine Lust, meiner Mutter von seiner Tat zu erzählen. Sie dachte noch bis vor kurzem, daß sie alles von mir weiß. Mein Mörder ist siebzehn Jahre alt und heißt Tschakko Moosbrugger. Er hat seinen Vater und eine Frau, die nicht seine Mutter war, im Wohnzimmer erschossen. Dort war für die beiden ein Bett gemacht.

Bevor ich ein anderer wurde, führte ich ein Kinderleben. Über meinem Bett hing die ausgeschnittene und eingerahmte Todesanzeige meines Großvaters. Meine Mutter findet ihn auf diesem Bild am schönsten getroffen. Das Originalfoto steht bei meiner Großmutter auf dem Schminktisch. Das Auffälligste an meiner Großmutter ist, daß sie immer und überall rauchen muß. Das Zweitauffälligste ist, daß sie beim Lachen den Mund so weit aufreißt, daß man ihr in den Hals schauen kann. Bis zum Zäpfchen hinunter. Ich will neu anfangen wie Tschakko. Seine Familie ist ausgelöscht.

Ich liebe meine Mutter. Sie gehört zu der Sorte von Frauen, die jeden Tag mindestens einmal verzweifeln. Sie ist ratlos über meine Entwicklung und gibt sich die Schuld daran. Sie glaubt, das kommt, weil ich mir selber überlassen bin. Was sollte sie anfangen. Schließlich muß sie die Familie ernähren. Auch zu zweit ist man im Prinzip eine Familie. Ich hörte sie am Telefon sagen, daß ich kein Durchschnittskind sei, genausowenig wie mein Großvater ein Durchschnittsmensch gewesen sei. Sie sagt mit Wehmut in der Stimme, daß bei anderen Kindern über dem Bett die Muttergottes hingenagelt sei oder zumindest eine Schlafuhr. Ich möchte wissen, woher sie das weiß. Wahrscheinlich aus Fernsehserien. Sie kennt keine Kinder außer mir. Sie kennt Kinder aus dem Fernsehen. Dort sind sie schöner gemacht, ansehnlicher und weniger unausstehlich. Das Wort Schlafuhr habe ich noch nie in meinem Leben gehört. Ich ließ einen Tag verstreichen und fragte sie dann, was das denn sei, eine Schlafuhr, und sie sagte, das Wort gäbe es nicht, warum ich mir immer solchen Unsinn ausdenke. Der tote Großvater eignet sich als Vorbild. Die Großmutter behauptet, meine Mutter habe über alles und nichts Streit mit ihm gehabt.

Für Tschakko ist das Leben öd wie eine Stadt ohne Automaten. Seit seinem Familienunglück gilt nur eines für ihn: Er darf nicht erkannt werden. Niemand weiß, daß sein Vater und dessen Freundin tot sind. Sie denken, der Mann sei mit seinem Luder verreist. Sie denken, Tschakko hält es in der Wohnung nicht aus, weil ihn alles an seine Familie erinnert. Sie können nicht wissen, daß die Wohnung nicht mehr betretbar ist.

»Stinkt es denn nicht, wenn Tote herumliegen«, hatte ich ihn gefragt und mir die beiden Leichen in Blutlachen auf dem Parkett vorgestellt. Blut in Haaren und Gesicht und durchweichte Pullover.

»Es gibt keine Toten in der Wohnung«, sagte Tschakko, »und jetzt Schluß. Wenn es etwas zu erzählen gibt, wirst du es früh genug erfahren.«

Ob er einfach das Fenster geöffnet hat? Mitten in der Nacht das Fenster geöffnet und seinen Vater in einen Teppich gewickelt und aus dem Fenster gestoßen hat? Das gleiche mit der Frau? Aber wie hat das unbemerkt geschehen können? Besitzen sie überhaupt so große Teppiche? Ist nicht ein Teppich allein schon so schwer, daß ihn einer wie ich kaum heben kann? Und so stark ist Tschakko auch nicht, daß er Teppich plus Mensch darin aus dem Fenster werfen kann oder durch das Stiegenhaus ziehen kann, in den Lift oder über die Treppen hinunter und dann zur Haustür hinaus über den Parkplatz, über die Rasenbeete, dann über die Straße, durch das Gebüsch hinunter zum Radweg und dann bis zum Wasser das vielleicht schwierigste Stück. Und das Ganze gleich zweimal.

Ich war trotzdem sicher, daß die Leichen im Fluß liegen. Daß Tschakko die in Teppichen eingewickelten Toten über die Weidenböschung hinunter in den Fluß gezerrt und dort versenkt hat. Er schafft alles, und der Fluß reißt alles mit sich fort. Bisher habe ich alles im Leben mit meinen Händen angegriffen und mit meinen Augen angeschaut, jetzt ist das nicht mehr so.

Ich habe ein Fernrohr von meinem Großvater geerbt, das meine Mutter bei sich im Kasten vermutet. Ich habe es Tschakko geliehen beziehungsweise geschenkt. Er muß auf dem laufenden sein. Seine Beobachtungen durch das Fernrohr sind für ihn überlebensnotwendig. Meine Mutter kann mit einer vergleichbaren Not nicht aufwarten. Er schaut aus dem Kellerfenster hinaus auf den Fluß. Glaubt er, daß seine Toten wieder auftauchen könnten?

Meine Mutter denkt nicht mehr an das Fernrohr. So ist sie. Manchmal wirft sie Sachen hoch, um dann zu sehen, wie sie landen. Und wenn sie gelandet sind, gehen sie vielleicht jemand anderen etwas an, aber sie nichts mehr.

Meine Großmutter und meine Mutter streiten sich über die Hände meines Großvaters. Die Großmutter sagt, sie seien fleischig und breit gewesen, Bauernpranken. Meine Mutter redet von schlanken Händen mit gepflegten Fingernägeln. Ich sage: Wie ist das möglich? Sie sagen: Misch du dich nicht ein, du hast ihn nicht gekannt! Die Großmutter behauptet, sie könne so aus dem Mundwinkel zum spaltoffenen Fenster hinrauchen, daß man in der Wohnung nichts riecht.

Ich habe keinen sichtbaren Vater und wohne allein bei der Mutter. Er war für mein Entstehen notwendig, sagt meine Großmutter, mehr nicht. Vater sei deshalb im Grunde ein zu großes Wort für ihn. Ich gebe ihr recht. Aber er hat einen Namen, und den wüßte ich doch gern, der Vorname würde mir genügen. Meine Mutter will Eltern sein, Vater und Mutter in einem, so daß mir nichts abgehen muß, weil ich schließlich ihr erster Gedanke bin, wenn sie am Morgen erwacht. Tschakko empfindet eine Familie als Belastung. Lebt man allein, braucht man sich für seine Leute nicht zu genieren.

Ich geniere mich selten für meine Mutter. »Ich spende für den Hunger in Afrika«, sagt sie zu meiner Großmutter, »das muß sein, schon zwanzig Schilling reichen einer Familie für Saatgut.« Und die Großmutter sagt: »Wenn schon, spendest du gegen den Hunger in Afrika und nicht für den Hunger.« – Leider muß ich schon wieder der Großmutter recht geben. Deshalb glaube ich auch, daß mein Großvater fleischige, grobe Bauernpranken gehabt hat. Meine Mutter hat in den wenigsten Fällen recht gegen meine Großmutter, dennoch liebe ich sie am meisten von allen Menschen auf der Welt.

Sie hat nichts gelernt und nichts dazugelernt. Alles angefangen, nichts zu Ende gebracht. Deshalb arbeitet sie mit den Händen. Ich hoffe ja, daß sie nicht dumm ist. Andererseits spricht sie oft davon, daß sie eigene Gedanken hat, und das wäre bei Dummheit doch wohl nur schwer möglich. Meine Großmutter hat mir noch nie etwas wirklich Neues erzählt. Meine Mutter erzählt mir oft etwas Neues. Sie geht frühmorgens in die Schicht und kommt am Abend heim, nur selten auch am

Mittag. Überraschungen sind in unserer Familie nicht selten, auch wenn die Überraschungen nicht groß sind. Beispiel: Ich poliere alles, was in der Wohnung glänzt. Oder: Sie bringt Kastanienreis mit, gleich ein Viertelkilo. Beides erst vor wenigen Tagen geschehen. Sie steckt Zähne auf eine Wachsplatte und legt sie auf das Förderband. Die meisten Leute in der Siedlung am Fluß, Frauen wie Männer, arbeiten in der Zahnfabrik.

Meine Mutter zieht die körperliche Arbeit der geistigen vor, weil die körperliche Arbeit zu Ende ist, sobald man das Werkzeug aus der Hand legt. Geistige Arbeit findet nie ein Ende, sie begleitet den Menschen bis in die Nacht hinein und behindert den gesunden Schlaf. Hauptsache, man hat eigene Gedanken, findet sie. Angenommen, man würde Mord als Arbeit bezeichnen, dann wäre er doch, so denke ich, zum größten Teil geistige Arbeit und nur zu einem ganz geringen Teil körperliche Arbeit. Aber diese Frage kann ich mit meiner Mutter nicht erörtern. Auch Tschakko würde davon nichts hören wollen.

Meine Mutter sei Freiwild, sagt Tschakko, weil sie niemandes Eigentum ist, so wie das sonst in den Familien üblich ist, nämlich daß die Frau dem Mann gehört. Sie will nie mehr einen Mann, sagt sie, nie mehr. Ihr letzter ist vor einem Jahr zu seiner Frau, deren Namen ich nicht in ihrer Gegenwart aussprechen darf, zurückgekehrt. Meine Mutter hat ihn zwar zuerst dieser Frau weggenommen. Das hat sie auch zugegeben. Aber es hat ihren Schmerz nicht verkleinert. Da hat dann ununterbrochen bei uns das Telefon geklingelt. Das hat mir jeden Film im Fernsehen verdorben. Meine Großmutter nennt diese Frau immer noch die Königin von Saba, und von Emir, dem Mann, redet sie als von ihrem Sklaven. Damit will sie meine Mutter trösten. Aber meine Mutter kann mit diesem Trost nichts anfangen, sie weiß nicht, wie sie damit umgehen soll, sie weiß auch nicht, wie sie mit der Sony-Urlaubskamera umgehen soll, und wenn ich es ihr erkläre, sehe ich ihr an, daß sie an etwas anderes denkt, und das gibt sie auch zu, sie sagt, wir fahren eh nie in Urlaub, und das stimmt. Die Großmutter kann nicht in Frieden alt werden, und böse und verzweifelt ist sie deshalb, weil ihr keiner mehr sagt, daß ihr Haar glänzt und ihre Frisur gelungen ist.

Daß man die Liebe nicht mit einem technischen Gerät vergleichen kann und auch nicht soll, das weiß ich. Und noch etwas weiß ich: Auf jemanden, den man liebt, läßt man nichts kommen. Das zum Beispiel stammt von meiner Mutter, und die Großmutter zum Beispiel weiß das nicht.

»Hör auf damit«, sagte meine Mutter, »schließlich ist er ihr Ehemann, und sie hat ein Recht auf ihn.«

Dabei war sie tapfer und weinte nicht, sah an der Großmutter vorbei zum Fenster hinaus in das Dunkel des Nachthimmels hinein, starrte auf die dünne Mondsichel, und machte uns darauf aufmerksam, daß man den Umriß des gesamten Mondes sehen konnte, was selten sei, sie zum Beispiel sehe es erst zum zweiten Mal in ihrem Leben.

Dann erst weinte sie. Weil ihr garantiert das erste Mal in den Sinn gekommen war. Und das erste Mal gemeinsam mit Emir war. Sie sank auf den Stuhl nieder, ließ das Gesicht in die Hände fallen und schluchzte so erbärmlich, daß mein Herz nervös zu schlagen begann. Was sollte ich tun?

»Was hättet du an meiner Stelle getan?« fragte ich Tschakko. »Wie hätte ich ihr das Leben leichter machen können?«

»Du findest keinen Falscheren für diese Frage als mich«, antwortete er.

»Das Problem ist, daß sie diesen Mann haben will, da würde sie alles dafür geben«, sagte ich.

Er sagte: »Und du? Würdest du ihn als Vater haben wollen?«

»Das wäre mir wurscht«, sagte ich.

»Du kannst deiner Mutter nicht helfen«, sagte Tschakko.

Ich dachte daran, wie sie den Kopf hatte hängen lassen, daß sie mir fast jünger vorkam als ich. Die Großmutter holte aus der Tiefkühltruhe eine kräftige Fleischsuppe, die sie vor einem Monat aus zwei Kilo Tafelspitz zubereitet hatte. Mit vollem Bauch, so dachte die Großmutter, wird man träge und denkt nichts mehr. Meine Mutter starrte auf den tiegefrorenen Suppenklotz. Ich wollte sie nicht anschauen. Aber ich mußte. Ich konnte nicht anders. Ich hatte meine Mutter noch nie so gesehen, und das war interessant. Ich dachte, sie wird gleich zusammenbrechen, und das wollte ich nicht versäumen, meine Augen wollten das nicht versäumen. Die eigenen Augen waren mir nämlich im Weg, sonst hätte ich mehr Mitleid mit ihr gehabt. Ich hätte meine Mutter trösten müssen, ich, wer sonst, wenn nicht ich. Aber wie! Aber wie? Ich kann es nicht aushalten, wenn sie weint.

Ich muß jetzt etwas dazwischensagen, und zwar folgendes: Es ist nicht so einfach, einen Mörder zum Freund zu haben, man muß dafür sorgen, daß immer das richtige Eßbare und das richtige Trinkbare im Kühlschrank sind, und man muß wissen, daß einer, der eigentlich über Essen und Trinken darübersteht, über fast allem darübersteht, daß so einer andere Sorgen hat als zum Beispiel dreckige Stiefel. Aber ich kann es mir nicht aussuchen, ich habe eben einen Mörder als Freund. Nur, und das habe ich mir sehr genau durch den Kopf gehen lassen, es kann nicht sein, daß man den ganzen Tag ausschließlich an das Unglaubliche denkt, also an ihn, und ich sagte mir: Ja, gut, du hast vorher deine Mutter angeschaut und schaust sie auch jetzt an. Warum sollte ich meine Mutter nicht mehr anschauen, nur weil ich einen Mörder kennengelernt habe? Ihr Kummer ist deswegen ja nicht an den Vorhängen vorbei zum Fenster hinausgeflogen. Ich habe von meinem Mörder gelernt.

Sie hat nur mich. Ihre Sehnsucht zerflattert und bleibt allein an mir hängen. In meinem Bett schlafe ich ein und wache in ihrem auf. Ich gehe im Schlaf zu ihr. Manchmal wachen wir gleichzeitig in der Nacht auf, und es ist dann so, als wären wir die einzigen Menschen auf der Welt.

Ich bin ihre Erfindung. Männer, die ihr gefallen, sind verheiratet – wie Emir. Ich kenne nur ihn. Er hat Falten auf der Stirn, senkrechte und waagerechte, zwischen den Augen bilden sie ein Gitter. Sein Kinn ist breit, immer rasiert und glänzt ein bißchen fettig. Er war immer vorsichtig zu mir. Damit meine ich: Immer wenn er etwas zu mir gesagt hat, hat er es so formuliert, daß man es sofort zurücknehmen oder umdrehen oder ausbessern oder schadlos auslachen konnte. Er hat das aber nicht getan, weil er auf alle Fälle gut aussteigen wollte, sondern eben aus Vorsicht mir gegenüber. Obwohl diese Vorsicht nicht notwendig gewesen wäre. Denn er hatte von vornherein ein Plus bei mir. Meiner Mutter zuliebe nämlich. Und auch, weil er einen gemütlichen Geruch an sich hatte, nur ganz wenig nach Tabak, hauptsächlich Kaffee, glaube ich, und fremdes Süßes.

Tschakko sagt: »Er wäre eine Zecke geworden.«

Ich sage: »Was meinst du damit?«

»Dieser Mann hätte aus einer Mutter alles herausgesaugt, was für dich gut an ihr ist.«

Tschakko und ich haben ausgiebig miteinander geredet. Er hat gefragt, ich habe geantwortet. Das war schön und auf eine Weise gemütlich auch. Mir war so herum lieber, ich wollte nicht fragen. Am Anfang wollte ich das noch nicht. Ich hätte schon gern gefragt, aber nur so allgemein. Er hat mich immer nach meiner Mutter gefragt, ausgefragt hat er mich, und ich habe gern geantwortet, es war, wie wenn ich bei ihr im Bett läge, ich machte auch die Augen zu. Erst als er in unsere Wohnung kam, hat er aufgehört zu fragen, sondern hat selber erzählt. Das kommt noch. Ich brauche eine Zeit, bis ich es weitererzählen kann.

»Du mußt schauen, daß deine Mutter diesen Mann vergißt«, sagte Tschakko. »Es ist für sie besser und vor allem für dich.«

Meine Mutter kann diesen Mann aber nicht vergessen.

»Emir kann er auf jeden Fall nicht heißen«, sagte Tschakko.

»Warum denn nicht«, fragte ich.

»Das ist ein Beruf«, sagte er.

»Emir ist doch kein Beruf«, sagte ich. »Was soll das für ein Beruf sein? Kenn ich nicht. Was macht ein Emir, was stellt er her?«

Tschakko grinste: »Sprach der Scheich zum Emir, erst zahlen wir, dann gehn wir.«

Manchmal tupft meine Mutter sich einen Tropfen von Emirs Rasierwasser, das noch immer in unserem Badezimmer steht wie ein Hilfeschrei, an die Handgelenke und riecht daran.

»Vielleicht sollte ich Stolz trainieren. Kopf gerade, Nase hoch«, sagt sie dann.

»Schaden kann es nicht«, sage ich, und das stimmt ja auch.

»Wie du mir eure Sache darstellst«, sagte Tschakko, »gibt es für dich nur eines: Du mußt deine Mutter erziehen.«

»Und wer erzieht mich?« fragte ich.

»Vielleicht mach ich das«, sagte er.

Nach getaner Arbeit bringt meine Mutter fertiges Essen mit, es muß nur noch aufgewärmt werden. »Ich bin keine Kochkünstlerin«, sagt sie und hofft dabei auf Lob für die Bratkartoffeln, die fettglänzend sind, ein bißchen wie Emirs Kinn, ich muß denken, er ißt sicher gern solche Sachen, und vielleicht denkt das die Mama ja auch. Dann sind die Kartoffeln noch mit knusprigen Zwiebelringen belegt. Ich sage mit vollem Mund: »Mhh«, und sie lächelt mich an.

Vorne ist ihr ein Stück Zahn abgebrochen, als sie von einem Aussichtspunkt mit dem öffentlichen Fernrohr über die Stadt schweifte. Es war föhnig gewesen, alles lag zum Greifen nah. Sie rutschte vor Begeisterung aus, weil sie ihr Federbett, das zum Lüften aus ihrem Schlafzimmerfenster hing, entdeckte, und schlug sich dabei den Zahn an der Mauer ab. Emir hatte sie beruhigt. Damals war das kein Problem gewesen, nur jetzt, da Emir wieder zur Königin von Saba gehört, will sie auf eine Krone sparen und zehn Kilo abnehmen. Emir hatte gesagt, mit dem abgebrochenen Zahn sehe sie aus wie ein lieber Lausbub.

Sie ist eine kleine Frau, hat hellbraune Haare, die sie bleicht und die dann die Farbe von Semmelteig haben. Sie hat ständig Angst, daß sie zu dick ist. Fertiges Essen aus dem Supermarkt ist mir übrigens lieber als die Suppen von der Großmutter, wo ich weiß, daß ihre Hände dabei waren und sicher Zigarettenasche hineingefallen ist, das ist anders gar nicht möglich.

Ich bin meistens wach, wenn meine Mutter am Morgen aufsteht. Ich höre leise Radiomusik und das Geräusch der Brause. Wenn sie duscht, weht ein seifiger Geruch an meine Nase, und ich fühle mich sauber. Den Geruch meiner Mutter würde ich unter Tausenden Gerüchen erkennen, er ist leicht und trotzdem schwer wie Rosenduft. Ich würde ihn gemütlich nennen, wenn das nicht ein zu komisches Wort für einen Geruch wäre. Das Wort gemütlich mag ich, weil ich den Zustand mag. Ich rieche gemahlenen Kaffee. Sie bewegt sich in der Früh haargenau, wie eine Uhr bewegt sie sich. Ich weiß, wenn ihr Toastbrot herausspringt, wenn sie die Milch aufschäumt, wenn der Eisschrank geöffnet, wenn er geschlossen wird, auch was in den stillen Pausen geschieht, weiß ich. Sie summt ihr Lieblingslied. Ich könnte es jederzeit nachsummen, weiß aber den Titel nicht und auch nicht, wer es komponiert hat, und auch nicht, ob es einen Text hat oder ob es sich lediglich um eine Instrumentalnummer handelt. Das

Lied muß wohl wichtig für sie sein, und immer wieder, wenn ich sie am Morgen summen höre, nehme ich mir vor, sie nach dem Lied zu fragen, aber am Abend, wenn wir uns gegenübersitzen und TV-Dinner essen und ich Gelegenheit hätte, sie zu fragen, dann habe ich meinen Vorsatz vergessen. Erst dachte ich mir ja, das Lied erinnert sie an Emir. Daß Emir dieses Lied vielleicht gesungen und dann den Arm zum Beispiel um sie gelegt hat. Das würde erklären, warum ihr das Lied so wichtig ist, daß sie den Tag damit beginnt. Inzwischen glaube ich nicht mehr, daß sie das Lied an Emir erinnert. Denn als ihre Qual mit ihm war, hat sie das Lied trotzdem gesummt, und zwar genauso, nicht etwa trotzig oder beleidigt oder auch nur traurig. Also muß sie das Lied an etwas anderes erinnern. Oder an gar nichts. In diesem Fall würde es sie nur an sich selbst erinnern. Dann würde sie sich an einem Morgen höchstens daran erinnern, wie sie es an einem anderen Morgen gesungen hat. Und dann würde sie denken, es hat sich inzwischen nichts verändert, oder: es hat sich inzwischen doch etwas verändert. Oder sie würde gar nichts denken und nur summen. Das glaube ich. Eine Stimme hat sie eine schönere als ich. Sie hat eine Summstimme. Ich habe eher eine Singstimme. Ich würde, wär ich sie, nicht summen, sondern singen. Ob ich auch einmal ein Lied haben werde, das mich nur an mich erinnert? Dann denke ich mir auch, was wohl einmal aus mir wird.

Summt sie ihr Lied nicht, hat sie einen Alptraum gehabt. In so einem Alptraum, erzählt sie, kommen Raubvögel vor, und das heißt: Feinde.

»Was Feinde?« habe ich sie gefragt. »Du hast doch keinen Feind und kriegst auch keine Feinde.«

»Ach«, seufzt sie dann und fährt mit ihrem Mittelfinger an meinen Augenbrauen entlang, »wenn es nur solche gäbe wie dich ...«

Ich kann mir nicht denken, daß es viele andere als mich für sie gibt, jedenfalls habe ich von denen, falls es sie doch gibt, keine Ahnung.

Sie denkt, daß ich noch schlafe, und schlüpft leise aus der Tür. Jedesmal, bevor sie die Wohnung verläßt, umstellt sie die Wände mit Engeln. Die bilden einen Schutzwall und beschützen mich. Ich soll meinen Punkt nicht verlassen, sagt sie. Es sei kein Zauber im eigentlichen Sinn, sagt sie, es sei eher nur eine Vorsichtsmaßnahme.

Frei konnte ich nur sein, als ich Tschakko noch nicht begegnet war. Er macht, daß es hinter den Bergen schwarz ist und trotzdem nicht aufhört. Kein helles Pünktchen mehr, nicht eines. Von Sternen im eigentlichen Sinn gar nicht zu sprechen.

Ich darf nicht weiterphantasieren, muß mich darauf beschränken, was er erzählt hat.

Also: Niemals sprach er von Leichen im Fluß. Dennoch: Bei jedem Teppich, den ich zum Beispiel im Fernsehen sehe, fallen mir seine Opfer ein. Ich weiß ja nicht einmal, wie ein Toter aussieht.

Es kann vorkommen, daß ich mich zurücksehne nach der Zeit vor Tschakko. Da war ich einfach aufgestanden, hatte mich in den Fernsehsessel gesetzt und den Fernseher angeschaltet. Ich zappte alle Programme durch. Es war erst fünf Uhr in der Früh. Am liebsten hatte ich es, wenn eine Zugfahrt gefilmt worden war und man einfach nur sehen konnte, wie der Zug durch eine Landschaft fuhr, Häuser vorbeiflogen, Bäume vorbeiflogen. Live. Der Himmel war noch tiefgrau oder violett, fast schwarz von der Nacht, und oranges Licht mischte sich an den Bergrändern auf. Ich vergaß die Fernsehumrahmung und sah mich selber im Zug sitzen. Ich hatte mir vorgestellt, daß ich in der ersten Klasse Liegewagen liege und vom Fenster aus auf die vorbeifliegenden Berge schaue.

Tschakko sieht aus, als hätte er Hunger. An den Adern seiner Schläfe sehe ich seinen Puls schlagen. Die Hose schlottert, obwohl sie eng geschnitten ist. Seine Haut hat lange keine Sonne gesehen. Auf der Oberlippe wächst ihm Flaum, der wie Asche aussieht. Er will seine Haare verfilzen lassen. Er kämmt sie aus Prinzip nie, wäscht sie mit Schmierseife, spült nur das Gröbste aus. Vom Seifenrest werden die Haare steif, und er dreht sie zu Rastazöpfen. Er sieht mich mit denselben Bernsteinknopfaugen an, wie mein Bär sie hat. Sein Mund ist wundgerieben, und einmal beim Lachen ist ihm die Haut an den Lippen gerissen. Es blutete.

Lang kommt es mir vor und ist doch erst eine Jahreszeit her, daß ich unbeschwert im Fernsehsessel ziellos meinen Zugtraum träumte. So döste ich meistens wieder ein und wachte auf, weil mir unbequem war, der Fuß oder die Hand eingeschlafen war. Ich ging zum Eisschrank und holte mir den Rest der Topfencreme. Wir besitzen zwei Fernseher. Der große steht im Schlafzimmer meiner Mutter, das gleichzeitig auch unser Wohnzimmer ist. Der kleinere steht in der Küche. Vor dem Küchenfernseher verbrachte ich manchmal eine kleine halbe Nacht.

Ich schmeckte die Vanille und war ganz ruhig. Damals hätte ich gern ein Tier gehabt, dem man Kunststücke beibringen kann. Meine Mutter schleppte statt dessen Dinge an, von denen sie dachte, daß sie mich von meinem Tierwunsch ablenken. Sie liebt Waren. Ich sah einmal zu, wie ein Haus leergeräumt wurde. Ein Mann mit einem eingerollten Teppich auf seiner Schulter hatte zu einem anderen, der einen Spiegel trug, gesagt: »Neunzig Prozent wandert in den Müll.«

»Etwas, das Leben in sich hat«, hatte ich zu meiner Mutter gesagt, »das brauche ich dringend. Einen Vogel wenigstens.«

Sie wässerte Orangenkerne ein. »Beobachte die Kerne, erst werden sie aufgeweicht, dann treiben sie kurze weiße Fäden, wir setzen sie ein und bald wird ein Bäumchen daraus.«

Sie meinte es gut. Eine Pflanze kann man nicht in den Arm nehmen und streicheln, und wenn man es tut, hat man einen Dachschaden.

Dann erübrigte sich mein Tierwunsch. Es kam nämlich der Tag, an dem mir zweimal Gutes passierte. Ich bekam zwei Freunde, meinen Mörder und ein Tier.

UND SO BEGANN DIESER TAG:

Ich wartete, bis das Klappern von Mutters Cowboystiefeln im Stiegenhaus verhallte, dann zog ich über den gelben Pyjama die Gummistiefel und den Anorak an, klemmte einen Stöckelschuh in die Wohnungstür und schlich durch den Fahrradkeller. Es war der Tag nach Allerheiligen. Ich weiß das deshalb so genau, weil wir am Vortag an Großvaters Grab waren. Zwischen meiner Großmutter und meiner Mutter entwickelte sich die Großvater-Hände-Diskussion, und meine Großmutter sagte laut: »Warum um Himmels willen muß bei dir immer alles edel sein. Paß lieber auf, daß du nicht mit deinen dünnen Lederschühchen in die Pfützen trittst!« Es regnete nämlich ziemlich heftig. Die Schirme der Friedhofsbesucher verhakten sich ineinander.

Dunkelblau kam es mir an diesem Morgen entgegen, als ich die Kellertür öffnete. Als ob man durch tiefes Wasser watet. Man gewöhnt sich bald an die Finsternis und erkennt plötzlich Einzelheiten, eine Mauer, den Gehsteig, parkende Autos. Ich hatte, als ich zum Fenster hinaussah, unter der Straßenlaterne eine Katze gesehen. Sie saß direkt im Lichtschein und wartete auf mich. Das ist schwer zu beweisen, das ist mir schon klar. Der Werkbus mit meiner Mutter war abgefahren. Ich schaute den Schlußlichtern nach. Ich hatte Angst, draußen erwischt zu werden von jemandem, der es meiner Mutter weitersagte. Daß sie sich dann denkt, ich mache in ihrer Abwesenheit Sachen, und ein schlechtes Gewissen kriegt und glaubt, sie sei eine schlechte Mutter, was sie nicht ist.

Ich mußte mich beeilen. Als Lockmittel hatte ich einen enthäuteten Schübling dabei. Ich lockte damit die unsichtbare Katze, die noch vor fünf Minuten sichtbar gewesen war. Könnte eine Katze doch nur so gut riechen wie ein Hund! Ich rannte zurück, durch den Fahrradkeller, die Treppen hinauf, was tun, wenn unsere Wohnungstür zugeschnappt war? Ich besitze nämlich keinen Schlüssel. Zum Glück hielt der Schuh noch die Tür offen. Ich setzte mich wieder in den Fernsehsessel.

Wäre ich Tschakko nie begegnet, würde mein Leben immer wieder im Fernsehsessel haltmachen. Ich stopfte meinen Kopf voll wie einen Müllwagen. Alles, was flimmerte, war mir Zeitvertreib. Ich kannte mich aus, ich hatte ein Weltbild. Meine Mutter liebt Naturfilme, wie alle, die in der Zahnfabrik arbeiten. Sie verkraftet nur friedliche Bilder. Bei einer Sendung über Schlangen wollte sie bereits ausschalten. Man sah gerade Schlangen bei ihrem Winterschlaf. Sie liegen wie alte Lumpen übereinander. Ich stellte mich auf den Kopf und besah mir den Schlangenhaufen. Da krümmte sich der Raum, und es schwebten Schlangenwolken in der Höhlenluft. Meine Mutter hat keinen Sinn dafür. Sie träumt davon, und Träume von Schlangen versprechen hinterlistige Bekanntschaften.

Der Himmel hellte sich bereits auf, wie wenn er verdünnt würde. Zerstreutes blaues Licht färbte den Taghimmel. Da war die Katze. Ich öffnete das Fenster und warf den Schübling auf den Rasenstreifen, der nicht betreten werden darf. Sind über diesen Rasenstreifen Tote befördert worden? Das Problem wäre jedenfalls die Straßenlampe, die hell leuchtet in der Nacht. Wie hätte Tschakko unbemerkt mit seiner Last an der Straßenlaterne vorbeischleichen können. Oder hat er vorher die Lampe kaputtgeschlagen?

Ich muß nur kurz noch etwas erzählen, damit mein Alleinsein nicht falsch verstanden wird. Der Grund, warum mich meine Mutter allein läßt, ist eine Notlösung. Ich war vorher bei meiner Großmutter, die auf einmal keine Nerven mehr hatte. Es war wie bei allen Katastrophen, sagt meine Mutter, eine Abfolge unglücklicher Ereignisse.

Von diesem Katastrophentag erzähle ich kurz, und dann erzähle ich von dem Glückstag weiter:

Ich war damals in der Wohnung bei meiner Großmutter, die im dritten Wohnblock wohnt. Wir wohnen im ersten. Wir wohnen am Fluß auf der einen Seite und bei der Spedition Weiss auf der anderen Seite. Wasserrauschen und Lastwagenlärm, sagt meine Großmutter. Ich finde den Fluß atmosphärisch. Manchmal fließt er ruhig, und wenn man genau hinschaut, fließt man mit. Dann wieder schäumt er vor Wut, und ich stelle mir eine Macht vor, die alles zerstören könnte, wenn sie nur wollte. Es soll schon vorgekommen sein, daß der Fluß über die Ufer gelaufen ist. Leider habe ich das noch nicht erlebt. Auf jeden Fall kann man eines, wenn man lange in den Fluß schaut: Man kann sich einen mächtigen Blick aneignen.

Die Kinder aus den Wohnblocks spielen viel am Fluß, sie hüpfen von einem Steinblock zum anderen. Sie lassen flache Steine plätteln, das heißt, ein Stein muß angemessen schlau ins Wasser geworfen werden, und je öfter er das Wasser berührt und wieder aufhüpft, um so besser stehen die Gewinnchancen. Sie spielen um Geld. Meine Großmutter sagt, da sei sicher das Geld aus ihrer Tasche dabei, die fünfhundertsiebenundzwanzig Schilling, die man ihr im Bus gestohlen hat. Ich beobachte die Kinder von unserem Klofenster aus. Einmal rutschte ein Bub beim Steinespringen aus und fiel ins Wasser, ein Bursche hechtete ihm augenblicklich nach. Es war zu spät. Der Fluß hatte den Bub bereits fortgerissen. Was, wenn alle, die darin im Laufe vieler Jahre umgekommen sind, nachts an mein Bett treten und auf mich niederblicken? Gewiß wird Mutters Schlafzimmer nicht genug Platz bieten. Andererseits stellt sie ja auch Engel an die Wand.

Ich sagte irgendwann zu Tschakko: »Andererseits glaube ich nicht, daß mir in unserer Wohnung je etwas passieren könnte.«

»Und warum bist du dir da so sicher?« fragte er.

Da war ich unvorsichtig gewesen. Weil ich die Augen geschlossen hatte bei dem gemütlichen Verhör, das er mit mir anstellte, deshalb war ich unvorsichtig und sagte: »Meine Mama stellt immer, wenn sie geht, Engel an die Wand, die auf mich aufpassen.«

Da hat mich Tschakko mit einem Blick angeschaut, der war, als würde er von einem ekelhaften Geruch gequält, und er sagte mit ungewöhnlicher Lautstärke: »Niemals kann eine Mutter in einer Wohnung Engel an die Wand stellen, um ihren Sohn zu bewachen! Merk dir das! Das geht nicht! Das geht einfach nicht!«

Ich glaube es trotzdem.

Meine Großmutter ist mit dem Leben unzufrieden, weil alle Geld haben, bloß sie nicht. Seit der Großvater gestorben ist, regt sie vieles auf, zum Beispiel kann sie schreien, wenn man sich an ihrem Zierkissen anlehnt oder den Wasserhahn aufdreht, nachdem der Spültisch geglänzt worden ist. Sie sagt, ihr Leben sei gelaufen, und meine

Mutter entgegnet, hör doch auf, du spazierst im letzten Viertel, und da scheint genauso die Sonne wie in den drei anderen davor.

Am Katastrophentag war eine Freundin bei ihr zu Besuch. Beide saßen sie im Wohnzimmer, das auch bei meiner Großmutter gleichzeitig das Schlafzimmer ist, und rauchten wie die Auspuffe. Sie tranken einen zähen Likör, den die Freundin mitgebracht hatte, nur einen kleinen. Sie redeten über mich. Die Freundin sagte, was sie gelesen hatte, nämlich daß Kinder, die keine Brüder und Schwestern haben und auch keine vollständigen Eltern und keine Spielgenossen, zur Selbstbeobachtung neigen. Der da sei ein Beispiel. Der da war ich. Ich wollte mich aber nicht einmischen.

Ich war vor dem Fernseher gesessen und hatte eine amerikanische Serie angeschaut, in der ein kanadischer Polizist die Hauptfigur spielt. Er trägt eine rote Uniformjacke, schwarze Hosen mit seitlich gelben Streifen, braune Schnürstiefel und einen Hut mit schnurgerader Krempe. Mit seinem italienischen Kollegen und einem weißen Wolf, der taub ist, löst er schwierige Fälle. Gerade beschützten sie einen Schwarzen vor einem Verbrecher, der auf Renten spezialisiert war.

Die Freundin meiner Großmutter sagte zu mir:

»Schalte jetzt endlich den Kasten ab, Ferdinand, du verblödest ja!«

Ich reagierte nicht.

Die Großmutter sagte. »Du sollst den Kasten ausmachen, Ferdinand, du verblödest!«

Ich sagte: »Hier geht es um alte Menschen, die bedroht werden, das könnte euch interessieren.«

»Ferdinand, wir warten«, sagten die Frauen.

Wieder reagierte ich nicht, weil ich unbedingt wissen mußte, wie der Verbrecher überführt wurde.

Da kam die Freundin meiner Großmutter, riß mich vom Kanapee, das ihr nicht gehörte, mir zwar auch nicht, aber, weil ich blutsverwandt bin, doch ein wenig mehr als ihr, und schleifte mich in die Küche. Und sie schloß die Tür zu.

Ich stand ungerecht behandelt auf dem Linoleum. Auf dem Tisch lag eine Schweizer Zündholzschachtel mit Streichhölzern, so lang wie meine Hand. Ich hielt sie über den Abwasch und zündete die ganze Schachtel an. Das gab einen Zisch, eine brutale Flamme, fast bis zur Decke. Ich schaltete gleich den Wasserhahn an, um zu löschen. Leider hatte der Vorhang Feuer gefangen. Ich mußte ihn schnell herunterreißen und auch unter den Wasserhahn halten. Ich hatte die Situation fest im Griff. Da stürzten die beiden Frauen in die Küche und schrien. Sie zerrten mich ins Wohnzimmer und bugsierten mich in ein Eck. Ich fiel ein bißchen absichtlich in den Kaktus, der eine Höhe von zwei Meter zehn hat und haargenau so alt wie meine Mutter ist, nämlich fünfunddreißig Jahre. Der Kaktus brach in der Mitte durch. Ich hatte überall Stacheln an mir, sogar im Gesicht. Da verbiß ich mir das Weinen und mußte mir anhören, wie meine Großmutter jammerte, daß das ein schlechtes Zeichen sei für meine Mutter, und sie kann nur hoffen, daß sie sich nicht den Hals brechen muß wegen einem Fratz wie mir.

Die Freundin sagte: »Er schaut uns an, als wollte er uns die Köpfe abschneiden.«

Später habe ich Tschakko einmal gefragt, ob er sich vorstellen kann, daß ich einen Blick mache, der so ist, als ob ich zwei Frauen den Kopf abschneiden will.

»Nein«, sagte er, »so einen Blick kannst du nicht machen.«

»Kannst du so einen Blick machen?« fragte ich.

»Nein«, sagte er. »So einen Blick kann niemand machen.«

Ich weiß aber genau, daß ich so einen Blick machen kann.

Jedenfalls war das der Grund, warum meiner

Großmutter auch noch ihr letzter Nervenrest versaut wurde, wie sie das nennt. Sie weigerte sich, mich weiter zu beaufsichtigen.

Meine Mutter hatte mich verteidigt. Streit. Aus. Sie redeten nicht mehr miteinander, und wenn die Großmutter Katzenzungen aus Schokolade in unseren Briefkasten steckte, schmiß meine Mutter sie weg. Das ist Verschwendung. Darum holte ich von da an die Post. Meistens liegt nur unnütze Reklame im Fach. Die Botschaften meiner Großmutter sammelte ich eine Woche lang, was schwer für mich war. Süßigkeiten nicht zu essen, die mich trösten, ist kompliziert. Jedenfalls überreichte ich nach einer Woche meiner Mutter den Haufen mit Entschuldigungsbeweisen. Sie war so gerührt, daß sie auf der Stelle die Großmutter anrief und sich an allem die Schuld gab. Die Großmutter kam, sie versöhnten sich und weinten, und dabei hörten sie Schnulzenmusik aus dem Radio.

Ich sollte an den Tagen wieder bei der Großmutter bleiben wie vordem. Wäre nicht die Sache mit Tschakko passiert, hätte ich keine Kraft gehabt, mich dagegen zu wehren, ich hätte mich gefügt wie die Wurst in zwei Brothälften. Tschakko gab mir eine Überzeugungskraft, der meine Mutter und auch meine Großmutter nicht mehr gewachsen waren.

Das war der Katastrophentag und nun weiter in meinem Glückstag:

ZUM DRITTENMAL SAH ICH DIE KATZE. Diesmal war es ganz einfach, sie zu fassen. Sie ist eine Tigerkatze mit einem Stummelschwanz. Sie ließ sich von mir tragen, ich schätzte, sie war ausgewachsen, so schwer war sie, und ihr Fell fühlte sich seidig an.

Ich schlüpfte durch den Fahrradkeller, da sprang sie von meinem Arm und rannte in Richtung Kellerräume. Ich schaltete das Zweiminutenlicht an und folgte ihr.

Die Kellerräume sind durch schmale Holzbretter voneinander abgetrennt, man sieht ins Innere. Die meisten Leute haben Kartoffeln gelagert, Winteräpfel, nichts Wertvolles, weil hier oft Schlösser aufgebrochen werden. Unser Keller ist winzig, da steht nur meine alte Gehschule, mein Kinderfahrrad und ein ausrangierter Ofen. Beim dritten Kellerabteil sah ich meine Tigerkatze verschwinden. Ich hörte ein Geräusch, das klang wie eine Stimme, und ich traute mich kaum zu atmen. Ich hörte die Stimme mit der Tigerkatze schmeicheln. Also ging ich näher heran, denn, dachte ich mir, wer mit einem Tier schmeichelt, tut auch einem Kind nichts.

Da sah ich zum erstenmal im Schein einer Taschenlampe meinen Mörder sitzen.

»He«, rief er. »komm näher!«

Er saß auf einem Scheitbock, sein langer Mantel hing seitlich herab, und der Mann sah wie ein Denkmal aus. Ich konnte ihn nicht einschätzen. Weder sein Alter, noch ob er wahnsinnig ist. An der Wand standen vier Bierkästen mit Flaschen ohne Kronkorken, also mußten sie leer sein. Es roch nach feuchten Lumpen und abgestandenem Bier.

»He du«, sagte er ein zweites Mal. »He du, kenn ich dich?«

Ich dachte an den eingeklemmten Stöckelschuh in unserer Wohnungstür. Stand unschlüssig da, und er breitete seine Arme aus. Es war am hellichten Tag, meine Augen waren offen, und ich träumte nicht.

»Ich bin Tschakko und du?«

»Ich bin Ferdinand«, sagte ich. »Weil mein Großvater so geheißen hat, und wie der gestorben ist...«

»Verstehe«, sagte Tschakko.

Ich habe immer das Gefühl, meinen Namen erklären zu müssen, weil er altmodisch ist. Ich lasse wie auf Knopfdruck meinen Spruch los.

»He, Ferdinand«, hörte ich Tschakko sagen. Er

stand vor mir in seinem Bundesheermantel und kam mir vor wie der Herrscher des Flusses. »He, Ferdinand, träumst du im Stehen? Weißt du, was Hypnose ist?«

»Hypnose, ungefähr. Augenkrankheit?«

»Du schaust mir so lange in die Augen, bis du das gleiche denkst wie ich. Probier es!«

Tschakko setzte sich auf den Scheitbock, er verschränkte die Arme und fixierte mich mit seinen Augen. Er hat braungoldene Augen. Seine Lichtstrahlen trafen auf meine Pupille. Ich wollte mich am Rücken kratzen, traute mich aber nicht. Die Tigerkatze schmeichelte mir am Pyjamabein.

»Also, was denke ich?« Tschakkos Stimme klang gefährlich.

»Bier holen vielleicht«, sagte ich. Weil ja an den Flaschen bereits alle Kronkorken weg waren.

»Habt ihr Bier zu Hause?« fragte er.

Ich mußte nicht überlegen. Wir haben nie Bier. Eine Whiskyflasche steht im Wohnzimmerschrank neben dem Moccageschirr. Das weiß ich. Das Geschenk einer Kollegin. Meine Mutter trinkt keinen Alkohol.

»Whisky«, sagte ich.

»Hol ihn. Dann kriegst du die Katze.«

Ich hetzte die Treppen zu unserer Wohnung hinauf. Der Schuh hielt die Tür noch offen. Ich rannte mit den Gummistiefeln durch den Flur, stieß die Tür zum Wohnzimmer auf. Es kam mir völlig überheizt vor, und ich hatte kurz Angst, daß die Heizkörper explodieren könnten. Ich öffnete die Schranktür. Nahm die Whiskyflasche in meine Faust und rannte zurück in den Keller.

Tschakko hielt die Flasche in den Schein der Stabtaschenlampe.

»Leer«, sagte er.

Ich wurde ganz steif.

»Willst du mich erziehen«, sagte er.

Ich wußte nicht, was er meinte. Daß die Flasche leer war, hatte ich gar nicht bemerkt.

»Und jetzt?« fragte ich leise.

»Nichts«, sagte er. »Setz dich zu mir, Ferdinand.«

Er war ganz ruhig, er erlaubte mir sogar, die Katze zu streicheln.

»Sie gehört aber immer noch mir. Denn die Flasche war leer. Ein böser Mensch wollte sie strangulieren«, erzählte Tschakko. »Weißt du, was strangulieren ist, Ferdinand?«

Nein, wußte ich nicht.

»Strangulieren«, sagte Tschakko, »ist, was der böse Mensch erst mit dem Katzenschwanz ausprobiert hat. Du siehst ja, daß nur mehr ein Stummel da ist. Und als nächstes wäre der Draht um den Katzenhals gelegt worden, wenn du weißt, was ich meine. So brutal kann ein Mensch zu einem Tier sein.«

»Das ihm überhaupt nichts angetan hat«, ergänzte ich.

»Richtig«, meinte Tschakko. »Grundlos zu töten, ist ein Gewaltverbrechen.«

Ich zog den Rotz in meiner Nase hinauf. Das ist eine Verlegenheitsangewohnheit. Tschakko nahm meine Hand und fuhr mit ihr über das Tigerfell.

»Willst du sie haben?«

»Schon.«

Tschakko erwies sich in meinen Augen als Freund, weil er mir erlaubte, die Katze in die Wohnung zu nehmen, obwohl ich die Bedingungen nicht erfüllt hatte. Ich gab ihr dort Milch zu trinken und Teile von meinem Leberwurstbrot zu essen.

Tschakko wohnte im Keller. Er hatte auch einen Katastrophentag hinter sich.

»Was für einen?« fragte ich.

»Geht dich nichts an«, sagte er. »Katastrophen sollten im Sommer passieren.«

Ein Hauptproblem für ihn war nämlich die Kälte. So ein Kellerabteil ist unbarmherzig kalt, deshalb vermachte ich ihm den Schlafsack meiner Mutter, sie braucht ihn ja nicht. Ich weiß eigentlich gar nicht, wieso wir den haben. Von der Großmutter haben wir noch einen Fuchsmantel, den legte ich ihm dazu. Er zog ihn so an, daß das Fell innen und das Futter außen war. Über den Boden breitete er seinen Bundesheermantel, dann kam der Schlafsack, und in dem Schlafsack lag Tschakko mit dem Fellmantel. Er fror nicht mehr. Das gab mir ein gutes Gefühl.

In der Nacht stand ich mit meiner Mutter am Fenster. Sie setzte mich auf die Frisierkommode, so war ich gleich groß wie sie, und sie umarmte und küßte mich wie einen Mann. Sie roch schwer nach Rose. Gleich rief sie sich zur Ordnung und stellte mich neben sich auf den Boden. Sie fragte mich, ob ich mir denken könnte, daß ihr Leben in einem schwarzen Loch endet. Dabei zog sie ihren Mund nach unten und die Augenbrauen bildeten ein kleines Dach über ihren ängstlichen Augen. Sie hatte sich nämlich am Vorabend einen Film über das Universum angesehen.

»Solange es mehr Sterne als Straßenlaternen gibt«, tröstete ich sie, »kann dir nichts passieren.«

Ich hatte ihr gar nicht zugehört. Angst kam vor dem Einschlafen und blieb. Mein Hals würgte, und mein Herz brannte. Ich suchte mir einen schönen Gedanken, aber kaum hatte ich den gedacht, kam ein böser dazu und legte sich über den guten. Meine Mutter atmete ganz ruhig an meiner Seite. Ich tastete mit meiner Hand nach der ihren. Sie hatte beide Hände an der Brust und schlief wie ein Kind.

Ich holte Topfencreme und wollte mich mit süßer Vanille trösten. Könnte es sein, daß ich einschlafe und nicht mehr aufwache? Daß alle, die in den Fluß geworfen worden sind, aus dem Fluß treten und Tschakko sie anführt, er der Herrscher des Flusses. Ich döste ein und erkannte seinen Kopf, sein Körper war aus nassem Fell. Er zog eine Spur bis zu seinem Keller.

Wenn sich etwas wiederholt, wird es zur Gewohnheit. Ich hatte dann doch gut geschlafen und war mit meinem Bär im Arm aufgewacht.

Ich spreche nun von meinem zweiten Vormittag mit Tschakko:

Kaum war die Mama aus der Wohnung, suchte ich in ihrem Kasten unter dem Stapel für zu große Sachen und fand eine gelb-blau gestreifte Hose. Meine Mutter hatte sie im Ausverkauf um fast nichts erstanden. Sie war mir drei Nummern zu groß. Ich dachte, das macht mich älter. Ich borgte mir ihren Angorapullover und zog ihn über mein Pyjamaoberteil. Das ist eine gute Isolierung, wenn man bedenkt, wie kalt es in so einem Keller ist. Anorak und Winterstiefel ergänzten meine Rüstung. Um diese Zeit sind kaum Menschen aufgestanden.

Tschakko saß auf seinem Scheitbock.

»Ich warte schon eine Viertelstunde auf dich. Deine Mutter ist bereits vor einer halben Stunde aus dem Haus gegangen.«

»Ich bin etwas langsam. Das kommt, weil ich mir alles, was ich tue, erst durch den Kopf gehen lasse«, sagte ich.

Ich sah in seine Bärenaugen, und er war mir vertraut. Sein Fellmantel wirkte trocken, also war er nicht mit Wasser in Berührung gekommen, mit dem Fluß meine ich. Seine Haare waren unter einer schwarzen Wollmütze verborgen.

»Wie alt ist deine Mutter«, fragte er.

»Fünfunddreißig Jahre«, sagte ich. So alt wie der abgebrochene Kaktus. Ob zwei Pflanzen daraus hätten werden können, wenn man sie gleich umgetopft hätte?

»Ferdinand, du träumst schon wieder.«

»Ich bin jetzt wieder da«, sagte ich.

»Ich muß dir etwas zeigen«, sagte er.

Er drehte mir den Rücken zu, bückte sich und hob einen Gegenstand auf, schmal und lang, in eine Wolldecke gewickelt. Er setzte sich wieder auf den Scheitbock und wickelte den Gegenstand aus.

»Was?« fragte er.

Ich sagte: »Eine Angel.«

»Falsch. Da!«

Er zeigte mir das Gewehr. Schwarz und feucht. Ölig. Und kalt. Und glatt.

»Ein Gewehr«, sagte er.

»Ein Gewehr«, sagte ich.

Ich muß mir abgewöhnen, ihm nachzureden, er könnte sich denken, daß ich blöd bin. Blöde reden alles nach, um selber nichts erfinden zu müssen.

»Ich will«, sagte er, »daß du auf mein Geld aufpaßt.«

»Auf dein Geld.«

»Das will ich.«

»Was hat das für Nachteile«, fragte ich und wollte, daß es nachlässig klang.

»Keine Vor- und keine Nachteile. Nicht für dich, nicht für mich. Vorteile für mich sind auch Vorteile für dich. Nachteile gibt es sowieso keine. Ich habe seit Sonntag einen Job in Zürich. Verdiene in fünf Stunden fünfhundert Franken. Werde zur Arbeit abgeholt und wieder zurückgebracht und das fünfmal die Woche.«

»Glaube ich nicht«, sagte ich.

»Und wenn ich dir das Geld zeige«, sagte er.

»Wenn es nur das Geld wäre«, sagte ich. Weil ich

dachte, wenn er mir auch das Gewehr zur Aufbewahrung gibt, muß ich zuerst nachforschen, ob ich einen geeigneten Platz finde. Geld allein wäre kein Problem.

Tschakko holte aus seiner Manteltasche zusammengerollte zweitausend Franken in vier Fünfhunderterscheinen.

»Weil ich mit Geld nicht umgehen kann, Ferdinand. Gibt es außer deiner Mutter noch jemand in eurer Wohnung?«

»Niemand«, sagte ich.

»Hast du keinen Vater?«

»Keinen sichtbaren, nur den, der für mein Entstehen notwendig war.«

»Wem redest du nach?«

»Bitte?« fragte ich.

»Wem du nachredest«, sagte er.

»Die Großmutter sagt das«, gab ich ihm zur Antwort.

»Eine Großmutter existiert?« fragte Tschakko. »Hat sie Einfluß?« Und dann habe ich ihm von ihr erzählt.

»Sie spielt keine Rolle mehr«, sagte ich.

»Dann habt ihr also auch aufgeräumt in eurer Familie«, sagte er.

Ich wollte noch, das Gewehr betreffend, anmerken, daß es sicher klug wäre, ein geeignetes

Versteck zu suchen. Der Keller schien mir falsch als Aufbewahrungsort.

In den folgenden drei oder vier Tagen, ich weiß es nicht mehr, haben wir unten im Keller miteinander geredet. Er hat mich ausgefragt, ich habe die Augen zugemacht und habe geantwortet.

Am vierten oder fünften oder sechsten Tag sagte Tschakko zu mir:

»Ferdinand, weißt du, was wir machen sollten? Ich fühle mich kaputt, sollte mich baden, und ich will in einem Bett schlafen. Du hast doch hoffentlich kein Kinderbett mehr?«

»Ich schlafe bei meiner Mutter im Doppelbett.«

»Deine Mutter«, sagte Tschakko, »was ist sie für eine?«

Ich erzählte ihm. Am Schluß sagte ich: »Ich bin alles, was sie hat.«

Dann gingen wir in unsere Wohnung. Tschakko das Gewehr unter dem Mantel. Ich die Katze auf meinem Arm. Immer habe ich mich davor gefürchtet, daß er irgendwann in unsere Wohnung will. Und ich habe mich davor gefürchtet, daß er das Gewehr mitnimmt. Ich dachte mir, er will gar nicht mein Freund sein, er will nur sein Geld und sein Gewehr bei mir verstecken. Aber es hat mir nichts ausgemacht. In seiner Situation, in der einem alles weh tut, weil man auf Hartem schläft und schlecht schläft und einen Abgrund im Kopf hat, da braucht man von Freunden die praktische Seite. Ich war besser dran als er. Ich hoffte, er würde wenigstens seine Stiefel ausziehen. Meine Mutter läßt keinen mit Schuhen in die Wohnung.

Kaum hatte ich die Tür hinter uns zugemacht, sagte Tschakko: »Deine Mutter läßt sicher keinen mit Schuhen in die Wohnung, wie es hier aussieht. Man könnte im Kopfstand durchmarschieren und würde keinen Staub abkriegen.«

Auf der Küchenuhr war es halb neun. Ich hatte acht Stunden, um alles wieder in Ordnung zu bringen, ehe die Mama nach Hause kam.

Und er sagte: »Ferdinand, ich ziehe meine Schuhe nicht aus. Zuerst zeigst du mir die Wohnung. Was ist zum Beispiel hinter dieser Tür?«

Schlafzimmer. Gleichzeitig Wohnzimmer. Der erste Blick führt automatisch zum Fenster hinaus. Es stand halb offen. Warum steht bei uns die Frisierkommode so ungünstig, daß das halbe Fenster abgedeckt wird? Man sieht auf das Speditionsgebäude. Ich stellte mir vor, daß der Himmel an einer Stange befestigt ist und von oben nach unten bewegt wird. Ein bißchen wie eine rollende Schrift nach einem Film vielleicht. Auf dem Doppelbett lag die blaue Tagesdecke mit dem rutschigen Stoff.

»Bist du normal, Ferdinand?«

»Ich bin normal«, sagte ich.

»Weil du so oft an nichts denkst. Das sehe ich dir an.«

»Trotzdem«, sagte ich und ließ die Katze auf den Boden. Sie ging herum, den Kopf gesenkt.

»Und wo ist dein Zimmer?« fragte er.

Immer noch hielt er das Gewehr unter seinen zwei Mänteln verborgen, unten der Militärmantel, oben der Fellmantel von der Mama, der eigentlich der Großmutter gehört. Wenn er ging, war es, als hätte er ein steifes Bein.

»Du möchtest das Gewehr in meinem Zimmer verstecken, stimmt's?« sagte ich.

Tschakko antwortete nicht, zeigte auf die Tür zu meinem Zimmer, und ich nickte. Er machte eine vornehme Geste wie im Fernsehen, wenn jemand einem anderen den Vortritt gibt. Ich stieß die Tür zu meinem Zimmer auf, blieb aber draußen stehen. Tschakko holte das Gewehr unter seinem Mantel hervor, legte es auf den Boden, nicht einmal umgesehen hat er sich in meinem Zimmer.

Er hob die Matratze bei meinem Bett hoch, so daß mein Bettzeug nach hinten an die Wand rutschte, und befahl: »Halt das! Komm her! Halt das!«

Ich folgte ihm. Man weiß bei ihm nicht, ob er bittet oder ob er befiehlt.

Unter der Matratze war ein Holzrost. Tschakko zog aus seinem Militärmantel ein Knäuel zweifarbigen Bindfaden. Er hatte alles vorbereitet. Ich gebe zu, ich war ein wenig beleidigt deswegen, eben weil ich mir dachte, er nützt mich nur aus. Nun hob er den Rost hoch, bückte sich darunter, stützte den Rost mit seinem Rücken ab.

»Dauert's noch lang?« fragte ich und machte dabei absichtlich eine weinerliche Stimme. »Ich kann nicht mehr.«

Er antwortete nicht. Mit dem Fuß holte er das Gewehr zu sich heran, und dann band er es unter dem Rost fest.

»Jetzt kannst du loslassen«, sagte er.

»Und das Geld«, fragte ich, »wo willst du das Geld verstecken?«

»Ach ja, das Geld«, sagte er in einem Ton, der mir nicht gefiel. Es klang mir nämlich so, als habe er das Geld gar nicht vergessen, sondern habe mich nur testen wollen.

»Wo ist denn mein Geld?« fragte er.

Ich zog es aus meiner Hosentasche und hielt es ihm hin. Ohne es anzuschauen allerdings. Er merkte gar nicht, daß ich beleidigt war.

»Merci«, sagte er.

Er rollte die vier Fünfhundertfrankenscheine ganz eng zusammen, dann hob er noch einmal den Rost hoch. Er schob das Geld in den Gewehrlauf. Einen Zentimeter ließ er es oben herausschauen.

»Nur wenn du unbedingt etwas brauchst«, sagte er, »darfst du etwas nehmen.«

»Ich brauche ganz bestimmt nichts. Darf ich jetzt die Matratze loslassen?«

»Jetzt darfst du loslassen«, sagte er.

Zusammen richteten wir mein Bett wieder so her, daß niemand etwas merkte.

»Ist das Gewehr geladen?« fragte ich.

»Was nützt ein Gewehr, das nicht geladen ist?« fragte er zurück.

»Aber wenn es losgeht mitten in der Nacht«, sagte ich.

»Ich denke, du schläfst bei deiner Mutter«, sagte er. Und dann fing er furchtbar laut an zu lachen.

»Komm, wir legen uns hin«, sagte er und stampfte hinüber ins Schlafzimmr meiner Mutter. Ich hinter ihm her.

Vor dem breiten Bett von der Mama blieb er stehen und klatschte in die Hände. »Das ist also euer Liebesnest«, rief er und lachte wieder so, wie ich es nicht mochte.

»Lach mich nicht aus«, sagte ich.

Er tat einen Schritt zurück und hechtete auf das Bett. Ich sagte nichts. Das kann ich ihr erklären, sollte sie fragen. Das könnte auch ich gewesen sein. Außerdem ist Dunkelblau unempfindlich.

Tschakko schüttelte den Fellmantel von sich. Er lag neben dem Bett wie ein getötetes Tier. Darunter trug er den Uniformmantel. Strampelte die blaue Decke unter sich weg. Das weiße Schweizer Bettuch ist leider nicht unempfindlich. Die Wohnung war gut geheizt. Gleich würde er den Mantel ausziehen. Er griff in die Manteltasche. Zigaretten.

Er zündete sich im Liegen eine Zigarette an. Sie wird denken, die Großmutter war da. Sie wird sie anrufen und ihr eine Szene machen. Ich werde überhaupt nichts dazu sagen.

Er blickte auf das Schutzengelbild über der Kommode. Ein Schutzengel führt zwei Kinder über eine Brücke. Ich kenne an diesem Bild jede Winzigkeit. Ich habe über dieses Bild oft nachgedacht.

»Glaubt deine Mutter?« fragte Tschakko.

»An wen?« fragte ich.

»Geht sie in die Kirche?«

»Zum Rosenkranz, wenn jemand gestorben ist, den sie gekannt hat.«

»Hat sie meine Mutter gekannt?« fragte Tschakko.

»Meine Mutter kennt niemanden in der Gegend«, sagte ich. »Sie will das nicht, weil sonst Zwänge entstehen. Sie laden uns ein, und dann müssen wir sie auch einladen.«

»Das erklärt einiges«, sagte Tschakko, und ich wußte nicht, was er meinte. Aber ich dachte, er weiß selber nicht, was er meint.

Die Asche an seiner Zigarette war gefährlich lang, und dann rieselte sie auf seine Brust.

Aus einem Fenster der Spedition Weiss gegenüber lehnten zwei Frauen und rauchten. Sie waren zwei Stockwerke höher als wir und sahen gewiß Tschakko auf dem Bett liegen. Sie winkten mit der brennenden Zigarette. Ich sah die Sonne als weißes Licht hinter den weißen Wolken.

»He, Ferdinand, was kannst du einem Freund anbieten?«

»Leberwurst?« fragte ich.

»Und die auf was?« fragte Tschakko.

»Wir haben leider nur Knäckebrot, weil meine Mutter dünner werden will.«

»Für wen will sie dünner werden?« fragte Tschakko.

Für sich natürlich. Daß ihr der rote Samtrock wieder paßt. Das sagte ich Tschakko nicht.

»Also für wen?«

»Ich muß nicht antworten.«

»Ist ja egal. Dann bring mir Streichwurst auf Knäckebrot. Oder nein, laß es. Laß es. Setz dich. Steh nicht so herum. Wo ist die Katze? Sie gehört dir. Ich kann sie dir nicht schenken. Sie hat mir nie gehört. Sie gehört dir. Schau nach ihr! Zieh den Vorhang zu, ich will nicht, daß man mich sieht. Gut riecht es hier.«

Dann sagte er lange nichts. Lange nichts. Ich wachte neben ihm.

WIE IST DAS, wenn man tötet, Tschakko?«

Er, die Stiefel auf Mamas weißer Schweizer Bettwäsche neben ihren dicken Wollsocken, die sie in der Nacht trug, immer hat sie gefroren, den Kopf mit den halbgeschlossenen Augen auf Mamas Daunenpolster, redete wie aus einem Traum, und diesen Traum hätte genausogut ich träumen können, aus einer Nacht, die war wie ein schwarzer Plastiksack über seinem Kopf, redete er zu mir herein ins Helle, genausogut aber hätte ich zu ihm reden können, ich im Nachmittagsschatten des Zimmers, er im weißen Bett, und wenn er Pausen machte, sackte ihm das Kinn herunter. Da eben kam mir die Idee, die mich bedrückte, nämlich daß er sich bei mir Sachen ausborgt. Nicht stiehlt, sondern borgt. Sie benutzt und sie dann zurückgibt. Schaut mich einfach an, der Tschakko, so dachte ich, wirft einfach einen Blick herüber in meine Augen, wie man den Widerhaken und das Blei an einer Angel in den Fluß wirft, und holt sich meine Sachen zu sich hinüber. Mit Vorliebe solche, die sich in der Nacht bei mir ansammeln. Ich rede im Traum. Das sagte meine Mama. Sie sagte, ich brauche nicht einmal Fieber dazu wie jeder normale andere Mensch. Ich muß nur auf dem Rücken liegen. So wie Tschakko jetzt auf dem Rücken lag. Oft war das der Grund, warum sie nicht wollte, daß ich bei ihr im Bett schlafe, jedenfalls dann, wenn sie am nächsten Tag zur Arbeit mußte. Sie sagte, aus mir werde hundertprozentig einmal ein Schnarcher. Diesbezüglich sei meine Zukunft vorhersehbar. Samstags durfte ich immer bei ihr schlafen. Meistens wollte ich auch. Dann sagte sie noch, daß es unheimlich sein muß für einen, der mich nicht kennt, wenn er mich sieht, nämlich weil ich mit halbgeschlossenen Augen schlafe. Und die Lippen über die Zähne ziehe. Aber eben nur wenn ich auf dem Rücken liege. So wie Tschakko jetzt auf dem Rükken lag. Das sei so ein Effekt wie bei einer Spielpuppe, sagte sie. Das Kinn sinkt in Richtung Erdmittelpunkt wegen der Schwerkraft, und deshalb öffnen sich die Augendeckel ein wenig, und die Oberlippe zieht sich nach oben. Das Ganze sei eine Fehlschaltung in der Natur, sagte sie. Ich sagte: Das kommt mir vor, als ob ich ein Monster wäre, wenn ich schlafe. Dazu sei meine Haut viel zu hübsch, sagte meine Mutter und streichelte mich. Ich dachte, hoffentlich passiert nie etwas, was zur Folge hat, daß ich dieses Streicheln nicht mehr mag oder daß sie es nicht mehr mag. Sie wußte nicht, was ich rede, wenn ich im Schlaf rede. Unverständlich.

»Und wie das danach ist, wenn man getötet hat, Tschakko?«

Ich dagegen saß auf dem Boden, auf Mutters Schaffell, das sie bei Rückenschmerzen mit dem Weichen nach innen an ihr Kreuz bindet. Mit dem Rücken lehnte ich an der Tapete, mein Hemd war sauber. Tschakko sprach leise und wurde immer noch leiser und brummte an manchen Satzenden überhaupt nur noch, und ich wollte ihn bitten, ein wenig lauter zu sprechen, hatte aber Angst, daß er dann ganz aufhört. Wenn man zu jemandem sagt, er soll deutlicher sprechen, heißt das bekanntlich in neun von zehn Fällen, sag gar nichts. So hielt ich meine Hände hinter die Ohren und erweiterte die Muscheln, wie ich es von Eingeborenen aus Abenteuerfilmen kenne, wenn sie in den Urwald hineinlauschen. Die Katze hockte zu meiner Rechten. Sie drückte die Augen zu.

Manchmal schon habe ich mich darüber gewundert, daß für Katzen die Welt seit Jahrtausenden gleich ist, und sie vom technischen Fortschritt beispielsweise so gut wie nichts mitkriegen.

»Hast du meinen Vater gekannt?« fragte Tschakko. »Könnte ja sein. Mitte Vierzig. Ein Frauentyp. Frag mich nicht, wieso ich das weiß. Weil ich es oft genug gehört habe, weiß ich es. Und weil ich alles glaube, was ich höre. Wer mich anlügt, ist selber schuld. Er hat am Hinterkopf eine kahle Stelle, so groß wie ein Fünffrankenstück. Dünne Haare im ganzen gesehen, keine nennenswerte Farbe, eigentlich gar keine Frisur, einfach nur dünne Haare und die immer gleich, vor dem Baden, nach dem Baden, am Abend, am Morgen, unfrisiert gleich wie frisiert. Ein Fleischgesicht dazu, Himmel, hoffentlich krieg ich kein solches jemals! Nichts war an ihm von dem, was man sich denkt, das Frauen verrückt macht. Allerdings breite Schultern, die erinnern die Frauen an den Urwald und an Tarzan, und das macht sie verrückt. Ich habe schmale Schultern und bin damit zufrieden, kein Fleischgesicht und schmale Schultern, dafür aber eine Frisur.«

Er stützte sich auf und drehte sich mir zu. Mit einer Hand griff er mir ans Kinn. »Weißt du, was der große Vorteil von uns beiden ist?« fragte er.

»Weiß ich nicht«, sagte ich.

»Wir haben so schöne Gesichter.«

Das verstand ich nicht.

»Du siehst aus wie ein Mädchen«, sagte er.

»Aber du nicht«, sagte ich.

»Aber ich habe ein feines Gesicht«, sagte er. »Ich habe mich immer geschämt. Als ich klein war, hat man mich immer für ein Mädchen gehalten. Ich habe mich geschämt. Jetzt weiß ich, daß es ein Vorteil ist. Man geht nicht unter. Das ist der Vorteil. Wenn drei daliegen, und ich liege auch da, und es kommt jemand vorbei, der helfen will, dann bin hundertprozentig ich es, dem er hilft. Das ist der Vorteil. Und dir geht es genauso. Mein Vater, da mache ich jede Wette, hat diesen Vorteil sicher nie gehabt. Und mein Vorteil ist ein besserer Vorteil als der Vorteil mit den breiten Schultern. Jedenfalls, wenn es einem schlechtgeht. Wenn es einem gutgeht, dann sind breite Schultern vielleicht ein Vorteil, aber wenn es einem schlechtgeht, nicht.«

»Ich habe auch keine breiten Schultern«, sagte ich. »Aber ich hätte gern welche.«

Dann sagte Tschakko, sein Vater habe einen Bauch gehabt, der habe ihr gefallen. Und ich fragte: »Deiner Mama?«

Nicht seiner Mutter, nein. Seine Mutter wollte

im Gegenteil, daß er ihn wegjoggt, was das einzig Wirksame in seinem Alter sei. Sie hat ihm einen Jogginganzug gekauft, innen gefüttert, im Sommer kühl, im Winter warm, also ideal.

»Wem hat denn der Bauch von deinem Vater gefallen?« habe ich leichtsinnig weitergefragt.

»Ihr hat er gefallen.«

Tschakko hat gehört, wie sie es zu seinem Vater gesagt hat. Sie hat gesagt: Du hast einen geilen Bauch. Fanni hat sie der Vater genannt. Sie war dreiundzwanzig Jahre jünger als Tschakkos Mutter und einundzwanzig Jahre jünger als der Vater. Sie wäre besser Tschakkos Freundin gewesen als die seines Vaters. Dann hätte sie sich allerdings mit schmalen Schultern und einem feinen Gesicht abfinden müssen, das ein paar Pickel über der Nase und an den Schläfen hat und einen dicken Pickel am Kinn. Sein Vater hat sie Fanni genannt, nur er, glaubt Tschakko. Aber sie hat mit Sicherheit nicht Fanni geheißen. Sie hieß in Wahrheit weniger lustig. Fanni ist ja im Prinzip ein lustiger Name. Niemand würde sein Kind so taufen, außer er könnte schon bei der Geburt ausschließen, daß es jemals ernste Gedanken haben wird. Das kann niemand ausschließen, und das sollte auch niemand können. Der Witz bildet sich erst im Laufe des Lebens heraus, Babys lachen nur, wenn man sie kitzelt oder wenn man das Gesicht verzieht, und das ist dann automatisch und hat mit Heiterkeit im landläufigen Sinn nicht das geringste zu tun. Tschakkos Vater jedenfalls nannte seine Geliebte Fanni, ich vermute, er wollte sich in dieser Beziehung nicht mit ernsten Gedanken belasten.

Er hat seine Geliebte nicht besonders sorgfältig vor der Familie versteckt. Das muß ich jedenfalls annehmen. Und so geschah es bald, daß Tschakko sie kennenlernte. Und sie waren sich nicht unsympathisch, Tschakko und Fanni. Sie sind rasch miteinander ins Reden gekommen. Mit rasch meinte er, ohne daß sie sich vorher gegenseitig blöd angeredet hätten. Gleich konnten sie nett miteinander reden. Das seien Schwingungen gewesen. Sie war eine dünne, biegsame Geiß, die vom Leben keinen Schimmer hatte und immer meinte, alles sei halb so schlimm und vorübergehend und eine Phase.

Tschakko wunderte sich später darüber, daß er sie sympathisch fand, und er erklärte es sich folgendermaßen: Bevor er sie kennenlernte, hat er nämlich schon einiges mitgekriegt. Da waren zum Beispiel Launen in der Familie, erzählte er.

Weil mir dieser Punkt wichtig erschien, hakte ich nach: »Was meinst du mit Launen in der Familie, Tschakko? Wenn ich recht informiert bin, bestand eure Familie ja nur aus deiner Mutter, deinem Vater und aus dir. Wer hat also Launen gehabt, Tschakko? Ihr alle auf einmal?«

Jetzt sackte ihm wieder das Kinn herunter. Ich wartete lange auf Antwort. Habe zur Zeitüberbrückung die Katze gekrault, und sie hat geschnurrt wie der Motor in einem Aquarium, der die Luftperlen ins Wasser pumpt.

Dann erklärte er es mir: »Der Vater hatte Launen, die hat die Mutter mitgekriegt, und ich habe mitgekriegt, daß sie etwas mitkriegt, weil sie immer geredet haben im Badezimmer. Eines ist bei uns immer so gewesen: Wenn die Eltern Probleme hatten, dann haben sie sich im Badezimmer eingesperrt. Ich weiß nicht, warum. Damit ich nichts höre, schätze ich. Keinen Gedanken über die Natur der Dinge haben die zwei zustande gebracht! Ich habe mich ja nur ins Klo zu setzen brauchen, dann habe ich jedes Wort verstanden.«

Das kannte ich, das ist bei uns genauso. »Es ist der Dunstabzug«, sagte ich.

Tschakko hat also längst mitgekriegt, daß sein Vater eine andere hatte, er hat seine Launen mitgekriegt, wie er deprimiert war und neben dem Telefon gesessen hat, und hat es dann im Wortlaut gehört aus dem Badezimmer, als der Vater es der Mutter gebeichtet hat.

»Wie hat er es ihr denn gesagt?« fragte ich.

»Was meinst du?«

»Hat er zum Beispiel gesagt: Ich muß dir ein Geständnis machen? Oder so ähnlich.«

»Nichts, was ähnlich ist.«

»Es würde mich nur interessieren, weil ich immer gern alles wie einen Film vor mir sehe«, sagte ich.

»Halt's Maul«, sagte Tschakko leise, aber ich hab's verstanden.

Eine kleine Pause ließ er, dann erzählte er doch genauer. Ich muß zugeben, ich habe diesen Teil der Geschichte nicht verstanden, und ich verstehe ihn immer noch nicht. Das heißt, ich habe natürlich jedes Wort von der Geschichte verstanden, aber ich komme nicht damit zurecht, wie sich die Menschen in dieser Geschichte benehmen. Macht nichts, ich spreche Tschakko einfach nach, soweit ich mich erinnere.

Also: Im Badezimmer hat der Vater nicht gebeichtet. Das war nicht mehr nötig, weil die Mutter schon längst alles gewußt hat. Das ging ja schon Wochen so, daß der Vater nicht mitgegessen hat, am Mittag nicht, am Abend nicht, kein Frühstück, nur Kaffee, daß er nur neben dem Telefon gesessen hat, daß er nie mehr zu den Zeiten nach Hause gekommen ist wie sonst. Die Mutter hat alles gewußt. Im Badezimmer hat der Vater ihr mitgeteilt, daß er weg will von der Familie, daß er zu ihr will, auch wenn die Welt zusammenfällt. Daß er es ohne sie nicht aushält, daß er nicht mehr ein noch aus weiß, daß es ihm furchtbar leid tut um die Mutter und auch um den Sohn und die Wohnung und um die Freunde und die Kollegen, auch um den Job tue es ihm leid, den er eh wahrscheinlich an den Nagel hängen muß, wenn das alles rauskommt, aber daß er es trotzdem tun muß, daß er weg muß, und daß es ihm in Wirklichkeit um nichts leid tut, weil ihn in Wirklichkeit, wenn er ganz ehrlich ist, nichts anderes mehr interessiert, und er will ehrlich sein, am liebsten würde er Fanni an der Hand nehmen und mit ihr irgendwo hinunterspringen, das sei sogar ein Gedanke, der ihn glücklich macht. – So hat der Vater im Badezimmer zur Mutter geredet, und Tschakko ist mit seinen Stiefeln auf der Klobrille gestanden und hat sein Ohr oben an das Entlüftungsgitter gedrückt, und die Knie haben ihm gezittert, und der Klodeckel hat geklappert.

Jedenfalls, das ließ sich nicht vermeiden, hat sich Tschakko ein Bild von der Geliebten seines Vaters gemacht: ein feuerspeiender Paradiesvogel, der alles wegbrennt und weghaucht. So eine in der

Art. Ein Wesen, das eine Familie vernichten kann. Das muß man ja erst können, das kann man doch nicht so einfach, das muß also ein besonderes Wesen sein, das so etwas kann. Der Vater zum Beispiel war ihm nie als einer vorgekommen, der vernichtet werden kann. Ein Mann, der kein Verständnis für Blödsinn hatte, ganz egal, was für ein Blödsinn das war, einer, der bei den Fernsehnachrichten die meiste Zeit den Kopf schüttelte und meinte, die Weltpolitik sei ein Blödsinn, man müsse sich zum Beispiel nur anschauen, was mit Afrika angestellt werde, und ob nun die japanische Wirtschaft völlig durchgedreht sei.

Das Bild vom feuerspeienden Paradiesvogel übrigens habe ich Tschakko vorgeschlagen, ich habe seine Phantasie im Kopf gehabt, und er hat mir das Bild bestätigt. In einem Comicheft kommt so ein Wesen vor, auch gefährlich. Ich dachte, wenn ich Tschakko einen Vergleich anbiete, dann fällt es ihm leichter weiterzureden. Denn er war wieder still geworden. War aber wach. Augen offen. Mund offen. Aber wortlos.

»Ja«, sagte er, »wie genauso ein Vogel ist sie mir vorgekommen in Gedanken.«

Und darum war er erleichtert, als er Fanni zum erstenmal gesehen hat, und sie nur eine dünne Geiß war mit anmachigen Schenkeln unter den

Jeans. Sie war eine von seiner Seite, nicht eine von der Seite des Vaters. Und das, sagte er, muß der Grund dafür gewesen sein, warum er sie sympathisch fand, am Anfang wenigstens. Aus Dankbarkeit nämlich. Dankbar, daß sie nicht aus Feuer war und unausdenklich schön.

Sie hat seinem Vater beigebracht, wie man Haschisch raucht, und zwar so raucht, daß es ist, als ob man einen Schlag auf den Kopf kriegt oder sich jedenfalls so etwas einbildet. Das war das erste Thema, worüber Tschakko und sie geredet haben. Tschakko hat ihr zuerst nicht geglaubt, weil er selber ja auch ab und zu Haschisch geraucht hat und immer gedacht hat, wenn ihn der Vater dabei erwischt, dann setzt es etwas, aber wie.

»Darf ich eine Frage stellen, Tschakko?«

»Nein«, sagte er. »Ich weiß genau, was du fragen möchtest.«

Er hat es wirklich gewußt. Nämlich, wie es überhaupt dazu gekommen ist, daß er mit der Geliebten von seinem Vater gesprochen hat.

So war das: Tschakko ist an diesem Tag früher nach Hause gekommen, am Nachmittag schon, am frühen, hat mit dem eigenen Schlüssel aufgesperrt, da saß Fanni im Ehebett. Allein. Sein Vater, das muß dazugesagt werden, war Berufsschullehrer, und die haben nie am Nachmittag frei wie die

Gymnasiallehrer. Seine Mutter hat auch einen Beruf, ich traute mich aber nicht zu fragen, was für einen. Statt dessen habe ich gefragt:

»Warum bist du ausgerechnet an diesem Tag früher nach Hause gekommen, Tschakko?«

Er stützte sich auf die Ellbogen und zog die Beine an. Die Stiefelabsätze wischten eine häßliche Dreckspur über Mamas Leintuch. »Weil ich sie…«, sagte er. Und mehr sagte nicht.

Ich wartete. Es juckte mich, den Dreck wegzuputzen. Dann ließ er sich zurückplumpsen und streckte die Beine wieder aus. Die Katze öffnete kurz die Augen und schloß sie gleich wieder. Ich kraulte, sie knurrte.

»Weil ich die beiden gesehen habe«, sagte er. »Vom Fenster im Büro aus.«

»Welchem Büro denn, Tschakko?«

»Wo ich arbeite.«

»Ich weiß doch gar nicht, daß du arbeitest, Tschakko.«

»Nicht mehr. Halt's Maul und frag nicht dauernd!«

Der Vater hat Schule geschwänzt und sie auch, das hat Fanni dem Tschakko erzählt. Sie war eingeraucht und hat gekichert. Im Schneidersitz ist sie mitten im Bett gesessen, die Zudecken waren rechts und links auf den Boden geworfen worden, die Kissen auch, auf dem Nachttisch ist so ein Art Glasgerät gestanden, ein Glaszylinder, in dem ein zweiter Glaszylinder steckte, so irgendwie, und Wasser war unten zwei Finger breit, dreckiggelb, das war die Kokosnuß.

Fanni hat sich nicht im geringsten gewundert, als Tschakko zur Tür hereinkam, sie in dem fremden Zimmer, in der fremden Wohnung, hat ihn gegrüßt mit dem Hitlergruß, Mund offen wie eine Deppin, als ob sie »Tooor!« schreien würde. Wo war denn der Vater? Tschakko hat sich nicht ausgekannt. Aber er hat sich gleich gedacht, das ist sie. Als ob ein Unglück geschehen wäre, so war das Ganze. Es muß ein Unglück geschehen sein, dachte er, wenn die im Bett von meiner Mutter und meinem Vater sitzt. Er hat sich gedacht, sein Vater und seine Mutter sind beide tot, irgendwie gestorben an dem komischen Glasgerät, das auf dem Nachttisch stand. Und sie hat es überlebt und ist verrückt geworden.

»Weißt du, was driften ist?« fragte er mich plötzlich mitten hinein in seine Geschichte.

»Keine Ahnung«, sagte ich.

»Das kommt noch«, sagte er und kicherte, was schäbig klang und gemein, als ob er sich etwas gegen mich ausgedacht hätte. Ich habe nichts darauf erwidert. Er war schließlich derjenige, der einem leid tun mußte, nicht ich.

Fanni war eine Schülerin von Tschakkos Vater. Einmal in der Woche unterrichtete er sie in Buchführung und in noch einem Fach, das ich vergessen habe. Sie hat Tschakko alles erzählt, in einem furchtbaren Durcheinander allerdings, hat zwischenhinein immer gesagt, sie müsse gleich kotzen, obwohl ihr gar nicht schlecht sei, und ob er eine Erklärung dafür habe.

Die beiden, Fanni und Tschakkos Vater, haben also an diesem Nachmittag geschwänzt. Weil er es nicht mehr ausgehalten hat, sagte sie. Sie haben in der Pause im Gang heimlich ausgemacht, daß sie sich nach einer Viertelstunde beim Kiosk treffen, der inzwischen leersteht, dort holt er sie mit dem Auto ab. Und dieser Kiosk – so wenig, das muß man sich vorstellen, hat Tschakkos Vater noch Gedanken gehabt an seinen Sohn und seine Familie – dieser Kiosk steht genau unter dem Büro, in dem Tschakko arbeitet, das heißt, wo er seine Lehre macht im letzten Jahr, nämlich Bürokaufmann bei der Firma Konzett, die, und das habe ich nicht richtig verstanden, irgend etwas ausrechnet, etwas, was mit Strom zu tun hat, der einer ganz bestimmten großen Fabrik gehört, was weiß ich, nicht einmal Tschakko weiß es bis ins kleine.

Tschakko schaut also im Büro zum Fenster hinaus und sieht den Renault von seinem Vater unten vor dem leerstehenden Kiosk stehen, und macht das Fenster auf und lehnt sich hinaus und sieht ihn aussteigen, sieht die Fünffrankenglatze und den Balken von den breiten Schultern und den herausstehenden Bauch, und noch bevor er das Mädchen bemerkt hat, das am Bahndamm entlanggelaufen kam, hat Tschakko gewußt, daß alles traurig ist und traurig sein wird, weil er ja am Tag vorher ins Klo gegangen ist, als seine Eltern gestritten haben, und sich auf die Klobrille gestellt hat mit seinen Stiefeln und das Ohr an das Lüftungsgitter gedrückt hat. Dann hat er zu seinem Chef gesagt, er will heimgehen, ob er frei kriegt, und er hat frei gekriegt und ist heimgegangen. Hat aber nicht damit gerechnet, daß daheim etwas sein wird, wollte einfach nur heim und sich hinlegen. Und da saß Fanni. Im Ehebett.

Trotzdem hat er sie nicht unsympathisch gefunden. Ungefähr so war ihr erstes Gespräch.

Wo ist mein Vater, fragte Tschakko.

Ich hab ihn verjagt, sagte sie.

Aber du kannst ihn doch nicht verjagen aus seiner eigenen Wohnung, sagte Tschakko.

Ich habe ihn trotzdem verjagt, sagte sie.

Und es hat gestimmt, Tschakkos Vater, der Berufsschullehrer, hat sich von seiner Schülerin, die einundzwanzig Jahre jünger war als er und die er in Buchführung und sonst noch einem Fach unterrichtete, aus seiner eigenen Wohnung verjagen lassen.

Weil ihm der Kopf geplatzt ist, sagte Fanni.

Aus folgendem Grund sei ihm der Kopf geplatzt: Fanni hat Haschischblüten drei Tage lang in achtzigprozentigen Rum gelegt und hat sie dann getrocknet, eine große Handvoll. Dann hat sie ihm den Rum zu trinken gegeben, und die Hälfte von den Blüten hat er sich nach der Kokosnußmethode ins Hirn geblasen, das hat genügt, und er hat sich dann verjagen lassen.

Geistert jetzt wahrscheinlich draußen herum, hat sie gesagt.

»Was ist die Kokosnußmethode, Tschakko?« fragte ich.

»Kommt noch«, sagte er.

Übrigens: Fanni war angezogen. Komplett angezogen. Jeans, Pulli. Sogar Schuhe im Bett. Auf diese Feststellung sei Wert gelegt. Sagte Tschakko. Trotzdem hat sie bei dieser Gelegenheit gesagt, zu Tschakko gesagt, sein Vater habe einen geilen Bauch. Dann hat sie ins Klo gekotzt. Dann ist sie gegangen. Tschakko hat gelüftet und aufgeräumt und ist ebenfalls gegangen.

Hier unterbrach Tschakko seine Geschichte mit einem lauten »He!«.

Ich bin erschrocken, und die Katze hat die Augen aufgemacht.

»Ist etwas, Tschakko?«

»Hast du alles verstanden bis hierher?« fragte er.

»Nicht alles«, sagte ich.

»Was nicht?«

»Daß dein Vater so verrückt war nach ihr. Daß ihm auf einmal die ganze Familie wurscht war.«

»Ich verstehe auch nicht alles«, sagte er.

Folgendes hat Tschakko nicht verstanden – ich erzähle es wieder so, wie er es mir erzählt hat:

Nachdem Tschakko die Wohnung verlassen hatte, ist er draußen herumgegangen, am Fluß entlang, in schnellem Tempo, aber nicht lange. Nach einer halben Stunde ist er in die Wohnung zurückgekehrt, denn plötzlich kam ihm in den Sinn, daß ja auch sein Vater draußen herumgeht, und etwas Schlimmeres, als ihn in diesem Zustand zu treffen, konnte er sich nicht vorstellen.

Er setzte sich im Elternschlafzimmer aufs Bett. Das hat ihm sehr weh getan, und am liebsten hätte er sich in seinem Zimmer eingesperrt, aber er bildete sich ein, es hilft, wenn er im Elternschlafzimmer wartet.

Er wartete auf die Mutter. Oder auf den Vater. Lieber zuerst die Mutter sollte kommen und dann erst der Vater. Der Vater erst, wenn er wieder klar im Kopf war.

Es wurde dunkel, auf dem Wecker konnte er die Zeit ablesen. Der Wecker hatte elektrische Zahlen, und wenn eine Minute vorbei war, machte es einen winzigen Klick. Er legte sich auf das Ehebett und wartete.

»Den gleichen Wecker wie ihr habt«, sagte Tschakko.

Ich konnte mir Tschakkos Geschichte gut vorstellen, und daß er im Augenblick wieder in einem Schlafzimmer war und wieder auf einem Bett lag, das paßte mir gut, und es störte mich auch nicht mehr, daß er alles dreckig gemacht hatte. Man muß beim Unglück eine Reihenfolge einhalten.

Um elf Uhr in der Nacht kam Tschakkos Mutter nach Hause. Sie arbeitete in einem Hotel an der Rezeption. Tschakko hörte sie mit jemandem im Gang draußen reden, er meinte, sie sei zusammen mit dem Vater gekommen. Aber sie war nicht zusammen mit dem Vater gekommen. Der Vater kam in dieser Nacht überhaupt nicht nach Hause. Er schlief im Auto. Auf einem Parkplatz. Bei der Bahnunterführung, nicht weit von dem aufgelassenen Kiosk entfernt.

Tschakkos Mutter hatte Fanni mitgebracht.

Die beiden haben sich in die Küche gesetzt, Tschakko hat Kaffee gerochen. Er ist aufgestanden und in die Küche gegangen.

Das ist Fanni, hat seine Mutter gesagt. Sie bleibt von heute an bei uns.

Tschakko hat gar nichts gesagt, ist bei der Tür stehengeblieben.

Fanni ist der Schatz von Papa, sagte die Mutter.

Tschakko immer noch nichts. Auch Fanni nichts.

Die Mutter: Ich denke, wir schaffen das alle miteinander. Was meinst du?

Tschakko sagte nichts.

Und du, Fanni?

Ich glaub schon, daß wir das schaffen, sagte Fanni. Das ist nur eine Phase.

Die Mutter hat im Wohnzimmer auf der Couch für Fanni ein Bett gemacht. Das war's an diesem Tag.

Beim Frühstück am nächsten Morgen saßen sie alle am Tisch, als Tschakko in die Küche kam, auch der Vater. Der Anzug zerknittert, die Haare wie immer, das Hemd aus der Hose, aber gut gelaunt war er. Redete ausgiebig. Streichelte einmal die Mutter, dann die Fanni. Auch die Fanni hat ausgiebig geredet. Die Mutter weniger. Aber auch. Eher, ob einer noch Milch will oder Honig oder Kaffee und zu Tschakko guten Morgen und ob er Tee oder Kaffee will.

Tschakko setzte sich zwischen Fanni und den Vater. Absichtlich. Aber er sagte nichts. Aß nichts. Trank Kaffee. Schaute den Vater nicht an. Schaute die Mutter an. Die wich seinem Blick aus.

Fanni – beim Reden, und sie redete viel und gern, streckte sie ihre Finger durch, so daß die Kuppen aufwärts zeigten. Wie eine Tempeltänzerin, sagte die Mutter. Extra für sie hat sie grünen Tee aufgebrüht.

Der Vater ging an diesem Tag zur Schule, Fanni nicht. Sie blieb zu Hause. Allein. Ja, es war schon so, als wäre sie dort zu Hause. Sie machte vor den anderen den Kühlschrank auf und fragte, ob sonst noch jemand einen Joghurt wolle. Und am Ende des Frühstücks trank sie alle halbvollen Orangensaftgläser aus. Man ließ ihr einen Schlüssel da.

Die Mutter sagte: Leg dich doch noch eine Stunde hin. Sie sagte: Leg dich doch noch eine Stunde hin, mein Schatz.

Das tat Fanni. Dann räumte sie auf, putzte die Wohnung, schaute dabei Zeichentrickfilme an, winkte vom Balkon den Nachbarn zu, badete sich und roch gut am Mittag.

Am Mittag saßen wieder alle in der Küche. Die Mutter hatte Tiefkühlmenüs aus dem Hotel mitgebracht, das Beste vom Besten. Tschakko behauptete, die hat sie mitgehen lassen. Alles wofür? Für den Paradiesvogel, der gar keiner war? Oder damit der Schatz vom Papa so lieb ist und nicht mehr sein Schatz sein will? Die schöne Weihnachts- und Ostertischdecke wurde aufgelegt. Ein Wein aufgemacht. Eine Kerze angezündet.

»Ich verstehe das nicht, Tschakko.«

»Ich habe es auch nicht verstanden, Ferdinand.«

Tschakkos Mutter sagte, Fanni sei ein Vögelchen, das aus dem Nest gefallen ist. Sie kaufte ihr Handschuhe, Mütze und Schal. Sie hatte ein weiches Herz. Konnte es nicht aushalten, wenn Unrecht geschah. Und bei der Fanni, glaubte sie, sei ein Unrecht geschehen. Und in der Nacht ging der Vater hinüber ins Wohnzimmer. Schlich auf Zehenspitzen. Im Pyjama. Tschakko wußte es. Die Mutter wußte es natürlich. Still war es in der Nacht. War das kein Unrecht? Hatte die Mutter kein Herz für sich selber? Fanni ist nicht schuld, sagte sie. Wo soll sie denn hin, sagte sie. Sie hat nämlich zu Hause ausziehen müssen. Ihr Stiefvater wollte nicht mehr ihren Geruch im Haus haben. Weil sie immer gekotzt hat. Angeblich. Ihre Stimme war unverkennbar. So als ob sie über Schmirgelpapier gekrochen käme.

Der Vater war am Tag immer seltener zu Hause. Er kam in der Nacht. Nicht vor zehn. Dann ging er direkt ins Wohnzimmer, sperrte hinter sich zu. Ab zehn, das war ausgemacht, durften Tschakko und die Mutter das Wohnzimmer nicht mehr betreten. Und auch im Gang sollten sie sich nicht aufhalten. Und die Türen zum Schlafzimmer und zu Tschakkos Zimmer sollten geschlossen bleiben. Nicht der Vater teilte das Tschakko mit, die Mutter tat es.

Warum redet er nicht mehr mit mir, fragte Tschakko.

Versuch es zu verstehen, sagte die Mutter.

Tschakko sagte, er finde das eine Sauerei, denn ab zehn kommen erst die guten Filme im Fernsehen.

Am nächsten Abend brachte der Vater einen kleinen Fernseher mit und stellte ihn vor dem Schlafzimmer auf den Fußboden.

Tschakko regte sich wieder auf. Im Schlafzimmer sei kein Satellitanschluß, mit dem kleinen könne man gerade die zwei Österreicher kriegen und die unscharf. Diesmal nützte sein Protest nichts.

»Und was hat der Paradiesvogel dazu gesagt«, fragte ich Tschakko. Ich wollte absichtlich den Namen nicht nennen, denn erstens war es ja gar nicht der richtige Name von ihr, und zweitens dachte ich, tut es Tschakko weh, ihren Namen aus meinem Mund zu hören.

Tschakko antwortete nicht auf meine Frage. Er erzählte einfach weiter.

»So komisch es klingt«, sagte er, »mit der Zeit war es richtig gemütlich.«

Er meinte, an den Abenden, wenn die Mutter von der Arbeit zurück war und er aus dem Büro und wenn der Vater noch nicht da war, also vor zehn, so zwischen sieben Uhr und zehn Uhr, da hätten sie es schön gehabt, die Mutter, Fanni und er. Sie hätten sich zu dritt auf die Couch im Wohnzimmer gesetzt, natürlich erst nachdem die Mutter das Bettzeug von Fanni und dem Vater aus den Augen gebracht hatte, sie hätten, sagte Tschakko, die saublödesten Vorabendserien im Fernsehen angeschaut.

»Zum Beispiel?« fragte ich.

»Ist doch egal«, sagte er.

»Eine gibt es«, sagte ich, »die ist auf alle Fälle nicht saublöd. Die handelt von einem kanadischen Polizisten in einer roten Uniformjacke, der einen Italiener zum Freund hat und einen weißen Hund.«

»Kenn ich nicht«, sagte Tschakko.

»Schade«, sagte ich.

Manchmal war das für die drei ein Glücksgefühl. Die Mutter kochte Glühwein. Sie verwendete dabei den guten Wein. In der ganzen Wohnung duftete es nach Zimt und Sternanis. Draußen war es kalt. Sie servierte in Tschakkos Zimmer. Das nannte sie die Bibliothek. Nicht weil er besonders viele Bücher hatte. Sondern nur wegen der Gemütlichkeit. Den Glühwein will ich in der Bibliothek servieren, sagte sie. Sie setzte sich auf Tschakkos Bett und trank eine Tasse. Fanni lag auf Tschakkos Kissen und summte ein Weihnachtslied.

Die Mutter drehte die Heizung ordentlich auf und spielte ihre Lieblingsplatte im Wohnzimmer, etwas Klassisches. Sie drehte sich auf dem Wohnzimmerteppich. Fanni und Tschakko lagen auf Tschakkos Bett, er auf dem Bauch, sie den Kopf auf seinem Rücken. Sie zog ihre Strumpfhose aus und legte die nackten Fußsohlen auf seinen Rücken. Dann sprang sie auf und holte die Kokosnuß.

»Jetzt werde ich dir erklären, was die Kokosnußmethode ist«, sagte Tschakko. »Und auch, was eine Pump-Gun ist.«

»Und auch, was driften ist«, sagte ich.

»Auch das«, sagte er.

So geht die Kokosnußmethode: Mit einer Kokosnuß hat das nichts zu tun. Die Kokosnuß ist ein Glaszylinder im Durchmesser von etwa zehn Zentimetern und einer Höhe von zwanzig Zentimetern, unten ist er geschlossen, oben hat er drei Öffnungen, alle drei sind rund. Die mittlere Öffnung ist die größte, in ihr steckt ein zweiter, kleinerer Glaszylinder, er reicht hinunter bis auf den Boden des großen Zylinders und ist oben geschlossen und unten offen. In der zweiten Öffnung steckt ein Kelch mit einem Durchmesser von ungefähr fünf Zentimetern und einer Tiefe von ebenfalls fünf Zentimetern, in ihn wird das Haschisch gelegt. In der dritten Öffnung des großen Zylinders steckt ein Glasröhrchen, das fest mit dem Zylinder verbunden ist. In den großen Zylinder wird nun etwas Wasser gegossen. Dann wird das Haschisch auf dem Kelch angezündet. Wenn nun der kleine Zylinder aus dem Wasser gezogen wird, entsteht ein Vakuum in dem großen Zylinder, und das ganze Haschisch wird auf einmal abgebrannt, und der Zylinder füllt sich mit Rauch. Nun nimmt man das Glasröhrchen in den Mund und drückt den kleinen Zylinder mit einem ziemlich festen Druck in den großen zurück. Das hat zur Wirkung, daß der ganze Rauch auf einmal in den Mund und, wenn man dabei kräftig einatmet, in die Lungen gepumpt wird. Deshalb sagt man zur Kokosnußmethode auch Pump-Gun. So ungefähr. Wenn ich es richtig verstanden habe.

Und das hat Fanni zuerst Tschakkos Vater und dann Tschakko beigebracht, und bei beiden hat es gedriftet.

Der Vater ist aus dem Haus gerannt und dreimal um das ganze Viertel herum, bevor er sich in seinen Renault zum Schlafen gelegt hat. Tschakko ist einfach umgefallen, zurück auf sein Bett. Hätte aber auch ein Steinboden sein können, wenn da zufällig ein Steinboden gewesen wäre. Wenn es driftet, driftet es.

Tschakko hörte Fanni von weither dieses Weihnachtslied summen, begleitet von Mutters Klassik aus dem Wohnzimmer. Dann war er weg. Er war nicht eingeschlafen, sondern weg. Das nennt man auch driften. Man kann driften sagen, wenn einer weg ist, und man kann sagen, das hat bei ihm gedriftet, wenn es besonders gut gewirkt hat. Am besten wirkt es natürlich, wenn einer weg ist. Wenn man driftet, hat es am besten gedriftet. So kann man sagen. Das ist nicht falsch. Obwohl mir unverständlich ist, was eigentlich wirken soll, wenn einer weg ist. Wenn man driftet, hat es am besten gedriftet. So kann man sagen. Das ist nicht falsch. Obwohl mir unverständlich ist, was eigentlich wirken soll, wenn einer weg ist. Merkt er die Wirkung dann überhaupt? Jedenfalls, Fanni hat sich neben Tschakko aufs Bett gelegt. Sie kannte sich aus. Ganz weg war sie nicht.

Tschakko wurde von einer Ohrfeige geweckt. Der Vater hatte weit ausgeholt und seine rechte Gesichtshälfte getroffen, von oben herunter war der Schlag geführt worden, weil Tschakko auf der Matratze lag und der Vater über ihm stand, von oben herunter, wie wenn einer einen Pflock in den Boden hauen will mit der flachen Hand, was eigentlich niemand tut. Fanni war dabei vom Bett gerutscht. Sie sperrte sich in der Toilette ein. Die Mutter stand am Herd und wärmte dem Vater das Gulasch.

Ob sie denn nicht mitgekriegt habe, was die beiden machen, brüllte der Vater. Die Mutter sagte nichts. Einmal holte sie sehr laut Luft. Das war alles.

»Ich denke«, sagte ich, »ich denke, sie hat einfach gewartet, bis alles vorbei ist. Kann das sein, Tschakko?«

»Das kann sein, ja«, sagte er leise.

Er hatte sich auf die Seite gedreht, zu mir hin, und weil ich neben dem Bett saß, waren unsere Gesichter nahe beieinander. Ich sah seinen Schultern an, daß er heftig atmete und daß sein Atem noch heftiger wurde und daß er nichts sagen konnte.

»Wo ist deine Mutter jetzt eigentlich, Tschakko?« fragte ich, als er sich wieder auf den Rücken hat sinken lassen.

»In Norwegen«, antwortete er in verändertem Ton, so daß ich nicht weiterbohren wollte. Aber dann habe ich doch weitergebohrt:

»In Norwegen, wieso denn in Norwegen, Tschakko?«

»In einem roten Haus.«

»Ja, schon. Aber wieso in Norwegen, Tschakko, das leuchtet mir nicht ein.«

Lange blieb er reglos auf seinen Ellbogen gestützt liegen. Dann ließ er sich zurückfallen, seufzte und sagte. »Du mußt dir das Haus im Schnee vorstellen, Ferdinand. In Norwegen liegt viel länger Schnee als bei uns. Wie hingezaubert sieht das aus. Dazu meine Mutter mit den schwarzen Haaren.«

»Ich habe deine Mutter, glaube ich, nie gesehen«, sagte ich.

»Dann red nicht von ihr«, sagte er grob.

»Von ihr nicht, nein«, sagte ich. Ich hatte vor Angst die Zähne so fest zusammengebissen, daß mir das ganze Gesicht weh tat. »Und«, sagte ich und räusperte mich, damit meine Stimme fester wurde, »und, Tschakko, wo sind sie jetzt?«

»Wer?«

»Wer, Tschakko.«

»Ja, wer?«

»Dein Vater und sie.«

»Nicht in Norwegen auf jeden Fall.« Und dann lachte er ein kurzes keuchendes Lachen. »Oder vielleicht doch. Was meist du, Ferdinand? Ich habe einen Fetzen gefunden, der war rot wie Lippenstift, der hing an einem Weidenstrauch. Er hätte von der Fanni sein können. Auf dem Fluß zu treiben ist eine gute Fahrt, und jeder Fluß fließt irgendwann ins Meer, und Norwegen liegt am Meer... also... Meine Mutter, Ferdinand, brachte der Fanni das Kochen bei. Sie saßen am Küchentisch nebeneinander wie in einer Schulbank, Fanni tauchte das Fleisch in Mehl und in Ei und in Brösel. Kalbfleisch. Für Schnitzel kannst du nur Kalbfleisch nehmen. Schwein kannst du vergessen. Das kannst du den Deutschen als Schnitzel andrehen. Schon der Amerikaner merkt es. Hast du schon einmal beim Schnitzelmachen geholfen, Ferdinand?«

»Nein, noch nie. Ich kann einmal fragen.«

»Wen?«

»Die Mama zum Beispiel.«

»Wen noch?«

»Die Großmutter. Aber die will das nicht.«

»Herrgottsack, ich hätte jetzt gern ein Wiener

Schnitzel! Ich könnte Wiener Schnitzel zum Frühstück essen. Da hätte ich keine Probleme. Oder Wiener Schnitzel kalt aufs Brot. Ich sollte den Kompostkübel hinuntertragen und bei den Fahrradständern in den Container schütten. Ich habe mich auf das Schnitzelessen gefreut. Kartoffelsalat dazu. Den hatten sie vor mir versteckt, weil ich bei Kartoffelsalat überhaupt keinen Bahnhof kenne. Das paßt auch so gut. Das mußt du zugeben, Ferdinand, Wiener Schnitzel und Kartoffelsalat, eine geniale Kombination! Ich stellte für meinen Vater ein Bierglas neben seinen Teller. Und ein Bier zu dieser Kombination! Das ist eine runde Sache. Ich bekam kein Essen. Ich bekam einfach keines. Für mich war einfach kein Teller da. Weißt du, warum ich kein Essen bekam, Ferdinand?«

»Weiß ich doch nicht, Tschakko.«

So lange sagte er nichts, daß eigentlich für mich klar war, daß er eingeschlafen war.

Ich sagte: »Wie kann ich wissen, warum du kein Essen bekommen hast, Tschakko.«

Ich sagte: »Warum hast du denn kein Essen bekommen?«

Dann sagte ich nur noch: »Tschakko, du!«

Er schnaufte schwer, antwortete aber nicht.

Ich rief: »Tschakko, du, he!«

Ich traute mich aber nicht, ihn anzufassen oder

an seinem Hemd zu ziehen. Ich hörte, daß er die Lippen bewegte, das schmatzte leise.

»Erzähl mir jetzt, bitte, wie es ist, wenn man es tut, wie du es getan hast mit den beiden, Tschakko.« Und weil ich dachte, er schläft wirklich, sagte ich: »Du bist nämlich der einzige Mörder, den ich kenne. Und man kann selber ja nicht wissen, ob man nicht auch eines Tages so etwas macht wie du, und ich denke, es ist besser, wenn man weiß, wie so etwas ist, daß man dann darauf vorbereitet ist. Ich könnte mir sogar vorstellen, wenn alles immer schlimmer wird in der Welt, und wenn es so wird, daß fast jeder einmal in seinem Leben in eine Situation kommt, daß er so etwas tut, was du getan hast, dann sollte man einen wie dich in die Schule einladen, damit er den anderen erzählt, wie das ist, das kann nur nützlich sein, Tschakko. Tschakko, du, he, du!«

»Du meinst also, daß einer wie ich nützlich sein kann für die ganze Welt«, sagte er plötzlich zu mir herunter und blies der Katze in die Schnurrbarthaare, so daß sie den Kopf schüttelte. Die Vorhänge warfen ein rosa Dämmerlicht auf ihn. Das Bettzeug war zerwühlt und faltig wie das Gesicht meiner Großmutter. Wo war der Zigarettenstummel? Es roch nach kalter, verbrannter Scheiße. Die Mama sagt, eine gerauchte Zigarette riecht nach einer Viertelstunde bereits nach verbrannter Scheiße. Ich öffnete einen Fensterflügel. Warum steht bei uns die Frisierkommkode so ungünstig, daß das halbe Fenster abgedeckt wird? Tschakko hatte weder Hunger noch Durst.

»Dir«, sagte er, »dir verrate ich es, weil ich dein einziger Mörder bin. Ich blieb drei Tage von zu Hause fort. Eine Nacht verbrachte ich in einem Güterwaggon. Am frühen Morgen wurde ich von einem Bahnbediensteten verjagt. Er hat mit seinen großen Handschuhen in der Luft herumgefegt, als wäre ich übrig. Die zweite und dritte Nacht wachte ich in eurem Block hier, in meinem Kellerabteil unten, das niemandem gehört. Es war nicht versperrt.«

»Weiter«, sagte ich.

»Was weiter!« fuhr er mich an.

»Das Wichtige«, sagte ich leise.

»Was weißt du, was wichtig ist!«

»Erzähl es mir!«

»Erst will ich schlafen«, sagte er und drehte sich auf die andere Seite.

»Dann erzählst du es mir?«

»Dann will ich fressen.«

Er wühlte in seiner Hosentasche, warf mir zwei zerknüllte Hunderter zu und dann noch einen zerknüllten Fünfziger.

»Salami, Wein, Brot«, sagte er.

»Du hast doch weder Hunger noch Durst«, sagte ich.

»Woher weißt du das?«

»Ich weiß es«, sagte ich.

»Tu trotzdem, worum ich dich bitte«, sagte er.

Probleme türmten sich vor mir auf. Er würde nicht essen, und ich müßte die Salami an den Fensterladen hängen. Das Brot und den Wein könnte ich in meine Kiste mit den Legosteinen legen. Wäre ja möglich, daß er morgen Hunger hat. Er würde jeden Vormittag auf Mamas Bett liegen. Sie würde sofort merken, daß etwas anders ist. Sie nähme mich ins Gebet, und ich müßte Sachen erfinden, und jedem Verhör würde ich standhalten. Sie foltert ja nicht wie das mit Leuten in Kriegsgebieten geschieht, über die in den Weltnachrichten berichtet wird. Wenn sie nur nicht weint. Wenn nur nicht die Polizei die Wohnungstür aufbricht. Ich komme ins Erziehungsheim wegen Unerziehbarkeit und werde mit Draht gefesselt.

In vier Stunden würde meine Mutter von der Arbeit heimkommen. Also könnte ich ihn noch dreieinhalb Stunden so liegen lassen. Ihn stört der offene Fensterflügel. Er fror. Das sagte er im Halbschlaf. Ich darf nicht ganz sein Knecht werden, dachte ich, ich darf nicht jede Bitte wie einen

Befehl erfüllen, er ist nicht mein Leutnant, ich muß leider darauf bestehen, daß der Geruch nach verbrannter Scheiße aus dem Schlafzimmer meiner Mutter verschwindet. Ich schloß das Fenster nicht.

Ich erhob mich leise vom Fußboden, ging in die Küche, erhitzte Wasser auf der Schnellkochplatte, drückte den Deckel fest auf den Topf, dann dauert es nicht so lang, bis das Wasser kocht, und füllte es in eine Wärmeflasche. Die legte ich ihm an seine Füße. Ich zog die Decke über seinen mageren Oberkörper bis über seine Schultern. Ich schob einen Stuhl an das Bett, setzte mich darauf und beobachtete ihn. Der Wind blies die Vorhänge hoch. Ich sagte dreimal hintereinander stumm ein Gedicht in unserem Dialekt auf.

Er atmete gleichmäßig. Seine Füße stanken, und die Mama weiß, daß ihre Füße nicht stinken und meine Füße nicht stinken, ein weiteres Problem. Vielleicht blieb er ja doch nicht ganz so lange, so daß ich das Bett abziehen und das Leintuch und den Überzug in die Waschmaschine geben könnte. Und dann? Dann in den Wäschetrockner. Ich kenne mich schon aus. Weiß schon ungefähr, was zu tun ist. Und dann? Bügeln? Kann ich nicht. Einfach probieren? Bettuch über Eßtisch legen. Spannen. Wie spannen? Bücher in die Ecken. Oder Tassen. Dann mit dem Bügeleisen einfach auf- und abfahren. Und was, wenn die Mama trotzdem draufkommt? Wenn sie fragt, warum ich die Sachen gewaschen habe? Ins Bett gemacht? Dann wäre ich mit einem Schlag ein Problemfall. Das will ich nicht. Gemütlich ist es nur, wenn alles normal ist.

Wo war die Katze? Könnte ich wenigstens meine Hände auf ihr warmes Fell legen, sie würde mich beruhigen. Ich fischte mir meinen Bär vom Kopfkissen und drückte ihn an meinen Bauch. Dann kam mir die Idee mit den Gummistiefeln. Ich wollte alle Schuld auf mich nehmen.

Irgendwann am Nachmittag versuchte ich, Tschakko wachzurütteln. Er legte sich die Hände über die Augen und drehte sich zur Seite. Ich schaltete den Fernseher an. Eine Chinesin hielt ihren kleinen Fuß ins Bild und sagte, das sei ihr edelstes Körperteil. Die Katze kratzte an der Schlafzimmertür. Sie hatte sich irgendwo im Flur versteckt oder in der Küche. Ich setzte sie auf Tschakkos Zudecke, und sie spazierte über seinen Körper hinauf bis zu seinen Ohren. Da wachte er endlich auf, kleidete sich wortlos an, das Geld steckte er wieder in seine Hosentasche, nach Essen und Trinken fragte er nicht. Er wollte gehen.

»Halt!« sagte ich.

»Was denn?« sagte er.

»Das Wichtigste«, sagte ich. »Was ist dann geschehen?«

Er grinste, setzte sich aber wieder aufs Bett.

»Was willst du wissen?«

»Ich will, daß du nicht lachst dabei«, sagte ich.

Da lachte er nicht mehr. Ziemlich lange sagte er nichts. Kaute irgend etwas. Was kaute er? In den Mund hat er nichts genommen. Das hätte ich gesehen.

»Also dann«, sagte er. »Wo war ich stehengeblieben?«

»Daß du bei uns unten im Keller warst.«

Er nickte. Legte sich wieder hin. Nickte und wartete. So, wie er auf der Seite lag, das Gesicht mir zugewandt, sah es aus, als tue er sich schwer beim Luftholen. Ich weiß darüber Bescheid, im Fernsehen ist das einmal besprochen worden. Man soll, sagte ein Arzt, dessen Namen ich mir sogar gemerkt habe, Dr. Helmut Schurian, man soll in der Nacht darauf achten, daß man nicht auf der linken Seite liegt, weil dann das Herz gequetscht wird und es zu Atemnot kommen könnte. Tschakko lag zwar auf der rechten Seite. Vielleicht hat er das Herz auf der anderen Seite als wir, auch so etwas gibt es, auch das wurde in dieser Fernsehsendung gesagt, wobei aber betont worden war, daß das Herz im allgemeinen zur Hauptsache in der Mitte des Körpers liegt und nur zu einem kleineren Teil in die Seite hinüberragt und nur ganz, ganz selten in die rechte Seite.

»Menschenskind, Ferdinand«, sagte er. Und das wiederholte er öfters noch. Und schließlich erzählte er: »Also dann bin ich heim. Und alles war einfach anders. Meine Mutter war einfach nicht mehr da. Nichts von ihr. Ich hätte gern einen Zettel auf meinem Kopfpolster gefunden, daß sie nach Norwegen abgereist sei oder so. Ich sollte nachkommen. Oder so. Aber es war einfach nichts da. Menschenskind, Ferdinand, es war einfach nichts mehr von ihr da. Paß auf, das kann einem passieren. Ich habe den Schlafzimmerschrank aufgemacht, in dem hat mein Vater sein Gewehr aufbewahrt, für das er einen Waffenschein besitzt. Ein Lehrer mit einem Waffenschein, das muß man sich vorstellen! Was schießt der? Aber glaube mir, der schießt schon etwas. Einmal hat er mich in den Steinbruch mitgenommen, hat das Gewehr auf dem Rücksitz gehabt, ich war ein Furz so klein, und er hat durch das Autofenster auf eine Betonmischmaschine geschossen und hat behauptet, er habe getroffen, was er aber nicht hat. Menschenskind, Ferdinand, ich habe die Patronen aus dem Schrank genommen. Das kann jeder. Es ist auch nicht schwer, die Patronen in das Gewehr zu stecken. Das kann einfach jeder, warum auch nicht. Ich bin hinüber ins Wohnzimmer, und ich bin in die Hocke gegangen, und habe angelegt und habe geschossen.«

»Und dann?« fragte ich.

»Was ist dann?«

»Wie ist das hinterher für einen, der es gemacht hat?«

»Es ist nichts Besonderes.«

»Wenn man zum Beispiel am nächsten Tag aufwacht?«

Als Tschakko gegangen war, habe ich mich mit den Gummistiefeln aufs Bett gelegt und wollte so tun, als wäre ich eingeschlafen, und bin eingeschlafen. Eine Katastrophe war das Schlafzimmer meiner Mama. Aber es hat keine Schimpferei gegeben wegen dem Dreck auf der weißen Schweizer Bettwäsche. Nicht die geringste Schimpferei.

Die Mama war an diesem Abend ein glücklicher Filmstar. Eine halbe Stunde lang war sie das. Gegen Schluß zu abnehmend.

Ich sehe sie gerne so. Das ist wahr. Es gibt überhaupt nichts auf der Welt, was ich lieber sehe. Es ist, als wenn es nur vor ihrem Gesicht eine Welt gäbe und als wäre die Welt vor ihrem Gesicht trichterförmig, und an der engsten Stelle des Trichters, wo alles hineinfließt, dort wäre ihr Gesicht, ihr lachendes Gesicht. Sie kann dann gar nicht anders als lachen. Wenn sie ein Filmstar ist, lacht sie. Das ist in Ordnung. Was sieht der, der ihr in die Augen schaut? Glück. Was für ein Glück? Eines, an dem alle teilhaben, und sie ist so etwas wie die Präsidentin dieses Glücks. Wenn sie ihren Auftritt hat, erinnern sich alle daran, daß auch ihnen dieses Glück gehört. Das haben nämlich die meisten im täglichen Unsinn vergessen. Es ist ganz ähnlich, wie wenn unser Bundespräsident an Neujahr uns daran erinnert, wie schön die Alpen sind. – Was aber sieht der, der an ihr vorbeischaut, dorthin, wo eigentlich gar keine Welt ist? Was sieht der?

Und so fing der Abend an: Die Tür wurde aufgesperrt, ich sprang vom Bett, stand mit den krustigen Gummistiefeln auf dem Vorleger und merkte, daß mir ein bißchen saure Spucke aus dem Mund rann. Ich hatte die Schlafzimmertür offen gelassen, damit ich hörte, wenn die Mama nach Hause kommt. So stand ich neben dem Bett und machte mich auf eine Ladung gefaßt, eine Schrotladung, lauter kleine Wörter, gespickt mit vielen i, voll ein Schuß, was ich ja verdient hätte, weil ich ja in einem Aufwasch alle Sauberkeit ihres Bettes ruiniert hatte, ohne Grund, nur aus Ungezogenheit und vielleicht sogar Unerziehbarkeit, wie es meine Großmutter bezeichnet hätte und was auch leicht zu beweisen wäre, zum Beispiel damit, daß ich tagelang in meinem Pyjama herumlaufe. So mußte es die Mama sehen.

Sie rief meinen Namen anders als sonst, und sie behielt ihre Stiefel an den Füßen. Das macht sie nie, wenn sie allein ist. Weil sie den festen Glauben hat, daß ihre Beine zu kurz sind, behält sie ihre Stiefel an, wenn außer mir noch jemand da ist. Die Stiefel verlängern die Beine um einige Zentimeter.

Ich sagte: »Servus!«

Sie sah mich in den Gummistiefeln neben dem Bett stehen, sah das Bett, das verdreckte, zerwühlte, und sagte: »Ups!« Und gab mir einen Kuß. Vor ihr die ganze Welt, ich in dem glücklichen Trichter und nun so nah an ihrem Gesicht, daß ich in das, was hinter ihr war, einen Moment lang nicht schauen konnte. Das ist wie in Sciencefiction-Filmen, wo man von einer Welt in die andere hinüberfliegt, und dazwischen gibt es nur die Kommandozentrale des Raumschiffs, und außen ist nichts. Das stellen sie im Fernsehen so dar, daß sich vor den runden Fenstern langsame, grauweiße Nebel bewegen, worüber ich immer grinsen muß. Warum soll das Nichts wie langsamer, grauweißer Nebel aussehen! Andererseits verstehe ich schon: Wenn man das Nichts zeigt, indem man einfach nichts zeigt, kommt keiner auf die Idee, daß es sich um das Nichts handeln könnte.

Jetzt erst kam Emir zur Tür herein. Er trug einen grauen Straßenanzug mit Krawatte und weißem Hemd. Eine Plastiktasche vom Spar hing an seiner Hand. Glücklich sah er nicht aus, nicht glücklich wie ein Filmstar. Sein Kinn, schien mir, war schwer geworden, seit ich ihn zum letztenmal gesehen habe. Er spickte mir seinen Zeigefinger über den Daumen entgegen und stemmte die dicken, schwarzen Augenbrauen in die Höhe, was so aussieht, als wundere er sich, was so aussehen soll, als wundere er sich über mich, weil ich mich schon wieder zu meinem Vorteil verändert habe oder so ähnlich. Das hat er immer so gemacht. Das ist seine Begrüßung für mich. Ganz sicher begrüßt er sonst niemanden auf der Welt auf diese Weise. Es gefiel mir nie, das muß ich zugeben. Ich wußte ja, das war eine Anbiederung an mich. Die einzige allerdings, und darum ließ ich mir nie anmerken, daß ich es nicht so gern habe, wenn er mir seinen Zeigefinger über den Daumen entgegenspickt und die Augenbrauen hebt, die aussehen wie ungerodete Streifen in dem Gesicht, das er, wie ich einmal die Mama glücklich erzählen hörte, zweimal am Tag rasieren muß, wenn er nicht wie ein Räuber aussehen will. An diesem Abend habe ich die Geste sogar erwidert. Weil ich mich wirklich gefreut habe.

Außerdem hatte Emir ein sehr trauriges Gesicht, und auch bei ihm war es so, als ob es nur vor seinem Gesicht Welt gäbe und dahinter keine, nur daß sein Trichter ziemlich eng war. Was hatte ich geträumt, als ich mit den Gummistiefeln auf dem Bett lag? Habe ich von dem Vulkanier Spock geträumt und von Captain Kirk? Ich mußte kein Hellseher sein, um zu ahnen, daß die glückliche Filmstarlaune von der Mama nicht lange halten würde.

Eine halbe Stunde hielt sie. Leider nicht länger. Angefangen hat die schlechte Laune mit etwas, was ich nicht richtig einordnen konnte. Es geschehen Dinge manchmal bei uns, die kann ich nicht einordnen. Ich habe es gern, wenn der Tag ein Tag ist und nicht eine hellgemachte Nacht. Das mag jeder, man sollte Täuschungen nur im Fernsehen zulassen. Ich habe so tief geschlafen, und – das muß ich erwähnen – Tschakko fiel mir nicht ein, er fiel mir nicht ein. Rauchte Emir seit neuestem? Oder ist mir damals, als er so oft bei uns war, nicht aufgefallen, daß er raucht? Oder hat er damals nur wegen der Mama nicht geraucht? Und jetzt rauchte er, obwohl er wußte, daß es fast nichts gab, wovor es der Mama mehr graust als vor Zigarettenrauch? Das wäre kein gutes Zeichen. Oder es graust der Mama auf einmal nicht mehr? Dann hätte sich seit einem Tag etwas verändert, und das wäre eine Veränderung in einer gefährlichen Geschwindigkeit.

Emir hat geraucht. Hat die brennende Zigarette schon in die Wohnung mitgebracht. Eine Zigarette mit Filter. Nach dem Kuß auf mein Gesicht, drehte sich die Mama um, zupfte Emir die Zigarette aus dem Mund, klemmte sie sich zwischen die Lippen und hat lässig getan. Und dann wollte sie noch lässiger tun und einen besonders schnellen Zug machen, wie es aufgeregte Detektive vorführen, und reißt sich die Zigarette aus dem Mund und reißt sich dabei ein Stück Haut von der Oberlippe, weil nämlich die blöde Zigarette an der Oberlippe geklebt hat. Es hat sofort geblutet. Die Mama hat ein gicksendes Geräusch von sich gegeben. Und hat geschleckt und schließlich die Oberlippe unter die Unterlippe geschoben.

Aber da war die Laune noch nicht schlecht. Nur der Spaß war vorbei. Die Laune war erst völlig am Ende, als wir in der Küche saßen und weiche Sachen aßen, die sie mitgebracht hatte. Da hat nur noch Emir geredet. Geredet und dabei auf die Tischplatte geschaut. Und mit dem kleinen Finger die Brotbrösel zusammengeschoben, als ob er einen Auftrag dafür hätte.

Ich habe bei dieser Gelegenheit erfahren, daß Tschakko gelogen hat. Seine Mutter ist gar nicht in Norwegen. Sie ist in den Fluß gegangen. So hatte es Emir ausgedrückt. Er war mit dem Fall vertraut. Das heißt, er kannte jemanden, der die Familie kannte. Die Mutter von Tschakko hat sich umgebracht. Emir hat das so nebenbei erzählt. Zum Zeitschinden. Zum Zeitfüllen.

»Kannten wir die?« fragte die Mama. Ich sagte nichts. »Hat sie Kinder?« fragte sie. Ich sagte nichts. Emir zuckte mit der Achsel.

Dann fragte sie: »Hatte sie einen Mann? Oder hat sie auch keinen wie ich?«

Man wisse nicht, wo er sei, sagte Emir.

»Wer weiß das nicht?« fragte sie und hatte nun einen deutlichen Zorn in der Stimme.

»Ich weiß das nicht«, sagte Emir leise. Und weil so eine lange Pause war, in der sich bedrohliche Zweideutigkeiten zusammenrotten könnten, sagte er dann noch: »Ich weiß, wie gesagt, nur, daß die unglückliche Frau Moosbrugger geheißen hat und in dem anderen Block gewohnt hat. Mehr weiß ich nicht.«

Das hatte Emir erzählt.

Tschakko ist ein Lügner.

Emir ist Vertreter von Beruf. Und noch etwas, was ich nicht genau weiß, weil ich, als die Sprache darauf kam, krank war und Fieber hatte. Aber beide Berufe, soviel habe ich mitgekriegt, haben mit Herumfahren zu tun. Er vertreibt ein Produkt, einen hochgepriesenen Klebstoff, der ziemlich alles, was kaputtgehen kann, wieder wie neu macht. Im Werbefernsehen soll angeblich auch schon darauf hingewiesen worden sein. Das kann ich aber nicht bestätigen. Emir organisiert den Vertrieb dieses Klebstoffes. Meine Mutter hatte mit ihm nachmittagelang das Verkaufsgespräch geübt, als ich im Bett lag und mit dem Fieber kämpfte. Emir lernt eher schwer. Eher ziemlich schwer. Das Wort Molekularverbindungstechnik konnte er sich nicht merken. Er wußte, was es bedeutete, aber merken konnte er es sich nicht. Ich wußte nicht, was es bedeutet, aber gemerkt habe ich es mir bis heute. Das Wort glitt leicht wie ein Skatebord über eine frisch geteerte Straße durch meine Fieberträume, da mühte er sich immer noch damit ab. Die Mama hat extra ein Lied komponiert, das hat sie beim Frühstück schon in sein

Ohr gesungen, und das hatte als Text nur: »Molekularverbindungstechnik! Molekularverbindungstechnik!« Später, als ich wieder gesund war, wenn wir zu dritt spazierengingen oder in einem Ausflugsgasthaus saßen und ich eine Fanta bekommen habe, hat sie ihn aufgefordert: »Sag es mir!« Und jeder, der die beiden nicht kannte, hätte erwartet, daß die Antwort sein müßte: »Ich liebe dich.« Statt dessen bekam Emir einen roten Kopf und jammerte: »Quäl mich nicht.« Sie küßte ihn und blieb mit ihrem Mund auf seiner stoppeligen Oberlippe kleben und sagte: »Sag es, sag es jetzt!« Und er nuschelte: »Molekularverbindungstechnik.« Dann haben sie mich angeschaut, mich, nicht sich gegenseitig, ich war ihr Publikum, ich. Ich nickte lobend. Das ist leider lange her. Ich kann mir nicht vorstellen, daß die Königin von Saba so gut mit diesem Mann umgehen konnte. Wie wir es können.

Aber an diesem Abend war bei der Mama nichts mehr zu retten. Sie schob den Unterkiefer vor, die Lippe blutete nicht mehr, ein roter Fleck war nur noch zu sehen, und die Nasenflügel zitterten. Ich kenne das alles. Dann leckte sie ihre Gabel ab. Aber da gab es nichts zum Ablecken, sie hatte die Gabel gar nicht gebraucht. Wir hatten weiches McDonald's-Brot gegessen mit Schinken dazwischen, aufgewärmt in der Mikrowelle. Mit den Händen hatten wir gegessen, das Besteck war unnötig und nur für den guten Willen da. Jetzt muß ich die Gabel in die Spülmaschine geben, dachte ich. Verschwendung. Ich nahm mir vor, Emir irgendwann einmal alle Anzeichen bei Mama aufzuzählen.

Ich sagte: »Tut mir leid wegen dem Leintuch, Mama, ich war draußen mit den Gummistiefeln, und auf einmal bin ich so müde geworden, daß ich geglaubt habe, ich muß sterben, und ich geglaubt habe, ich schaffe es nie über die Stiege hinaufzusteigen und in die Wohnung zu gehen, aber ich habe es dann doch geschafft, nur habe ich es einfach nicht mehr geschafft, die Stiefel auszuziehen …«

So habe ich geredet und bin unterbrochen worden.

»Was redest du da für einen Scheißdreck!« fuhr mich die Mama an, da war gerade eine halbe Stunde vergangen, seit sie sich ein Stück Haut von der Lippe gerissen hatte. Ich habe auf die Uhr geschaut. Wenn etwas passiert, schaue ich immer auf die Uhr, automatisch. Ich habe auf die Küchenuhr geschaut, als sie sich die Haut abgerissen hat, und ich habe auf dieselbe Küchenuhr geschaut, als sie mich angeschrien hat.

Emir sagte nichts. Er saß auf dem schlechten Stuhl, der so genannt wird, weil er wackelt, und er saß, ohne den Rücken anzulehnen, aufrecht, bocksteif, nur der Kopf war gesenkt. Ich habe schon darauf gewartet, daß er etwas für mich sagt, das muß ich zugeben. Zuerst redet er ununterbrochen, beweist mir, daß mich mein bester Freund in der wichtigsten Sache seines Lebens anlügt, und wenn der Mensch einmal einen Fürsprecher braucht, häufelt der da mit dem kleinen Finger Brotbrösel zusammen. Ein kleines bißchen sieht Emir aus wie der Kater Carlo aus der Mickymaus, von der Seite sieht er ein bißchen so aus. Das ist nicht böse gemeint, es ist sogar gemütlich. Und Gemütlichkeit ist mir, wenn ich darüber nachdenke, das Liebste im Leben, nach der Liebe von der Mama natürlich. Soweit ich informiert bin, hat Kater Carlo außerdem nie etwas wirklich Böses in seinem Leben getan, einen Mord zum Beispiel, nicht einmal Totschlag. Auch nicht fahrlässige Tötung. Den Ausdruck kenne ich von dem kanadischen Polizisten mit der roten Jacke. Ich werde die Ähnlichkeit mit Kater Carlo, dachte ich, bei Gelegenheit zur Sprache bringen.

»Stört es euch, wenn ich das Abendjournal einschalte?« fragte Emir.

»Wartest du auf eine bestimmte Nachricht?« fragte die Mama. Er wußte nicht, was sie damit meinte. Ich wußte es auch nicht. Natürlich, Himmel noch einmal, oft ist es so bei ihr: daß sie etwas sagt, und kein Mensch auf der Welt kann wissen, was sie damit meinen könnte!

»Ich zieh's ab«, sagte ich und ging hinüber ins Schlafzimmer.

Ich hatte blitzschnell ein Gefängnisbild vor Augen, das aus einem Film stammte, den ich höchstens zur Hälfte gesehen habe, weil ich mich fürchtete und weiterzappte, aber dann doch immer wieder zurückzappte. Eine rußige Zelle, in der Mitte eine Feuerstelle, ein Mann ist mit Draht gefesselt. Was er getan hat, weiß ich nicht. Über den Augen hatte er Watte, über der Watte Klebeband und darüber eine Kapuze. Der Mann bin ich, und das alles, weil man denkt, ich habe zweitausend Franken gestohlen und ein Gewehr unter dem Bett versteckt.

Ich streifte den Überzug von der Steppdecke, und das Leintuch zog ich von der Matratze, und alles stampfte ich zu einem Ballen zusammen, und den trug ich ins Bad. Ich wollte meine Schuld ausbessern und so viel machen, wie ich machen kann. Ich kann nicht wirklich mit der Waschmaschine umgehen, aber ich kann, ohne einen Schaden anzurichten, schmutzige Wäsche in die Trommel stopfen, das kann ich. Und das tat ich. Außerdem kann ich die richtige Bettwäsche aus dem Kasten im Schlafzimmer nehmen. Und ein Bett überziehen, kann ich auch. Es fällt mir zwar schwer, aber wenn man mir Zeit läßt, komme ich damit zurecht. Es stört mich auch nicht, wenn mir die Mama dabei zusieht. Im Gegenteil. Das Leintuch spannen ist nicht so schwierig, man muß nicht sehr geschickt sein, man braucht nur Kraft. Beim Überziehen der Steppedecke gibt es einen Trick.

Ich war bei der Arbeit, und aus der Küche hörte ich nichts. Sie hatten die Tür zugemacht. Sie schließt nicht mehr richtig. Die Mama sagt, der ganze Block hat sich gesenkt auf einer Seite, darum schließen die Türen nicht mehr richtig. Von außen sieht man nichts. Ich bin schon des öfteren um unseren Block herumgegangen und habe ihn von allen Seiten angeschaut. Ich mußte einmal im Auftrag der Großmutter von Wohnung zu Wohnung gehen und fragen, ob bei ihnen auch die Türen klemmen. Sie haben überall geklemmt, außer bei den Weinbergers. Überall hat man mir das Klemmen vorgeführt. Außer bei den Weinbergers. Die können uns nicht leiden, sie wohnen direkt unter uns, und mir fällt manchmal etwas auf ihren Balkon. Die Weinbergers sind ein alter

Mann und eine alte Frau und dann noch ein Mann. Alle drei sehr alt. Die Großmutter sagt, die Frau sei mit beiden Männern verheiratet. Die Mama sagt, das könne nicht sein, das sei verboten. Die Großmutter sagt, der erste Mann sei aus dem Krieg nicht zurückgekommen, da habe die Frau den zweiten Mann genommen, und dann sei der erste doch zurückgekommen, und zwar als eine Art Depp, und da hätten die Frau und ihr zweiter Mann nicht das Herz gehabt, ihn in die Welt hinauszuschicken und hätten ihn deshalb eingeladen, bei ihnen zu bleiben, allerdings als ihr Diener. Jedenfalls sagte die Frau Weinberger, nein, bei ihnen klemme keine Tür. Ich lächelte, was heißen sollte, ich weiß schon, ich weiß schon, es klemmt absichtlich keine Tür. Ich wüßte gern, ob die Frau Weinberger mein Lächeln richtig verstanden hat.

Ich lauschte nicht, ich ging nur langsam an der Küche vorbei, als ich die Wäsche ins Bad trug, und ich ging langsam an der Küche vorbei, als ich vom Bad wieder ins Schlafzimmer zurückkehrte. Ich hörte gar nichts. Es war, als sei ich allein in der Wohnung. Ich habe dann vor mich hin gepfiffen. Kein Lied, nur so, auf einem Ton, stoßweise und mit Luft einwärts. Diese Art zu pfeifen hat etwas Erwachsenes und Männliches.

Ich nahm die frische Wäsche aus dem Schrank,

schloß den Schrank gewissenhaft. Die Mama mag es nämlich nicht, wenn der Schrank offen ist. Es könnte Unliebsames hineingeraten und sich darin ausbreiten. Wir hatten einmal eine lustige Zeit, die Mama und ich, da redeten wir nur vornehm und machten vornehme Gesichter dazu. Ich habe sie jeden Abend mit vornehmen Redewendungen zum Staunen gebracht. Dabei war das ganz einfach. Ich habe den ganzen Tag über im Fernsehen nur Gesprächssendungen angeschaut und mir immer ein oder zwei Ausdrücke oder Redewendungen oder ganze Sätze gemerkt. Bei einem besonders schönen Satz habe ich den Ton vom Fernseher ausgeschaltet und habe den Satz zehnmal vor mich hingesagt. Bei mir genügt das. Ich lerne besser auswendig als Emir. Ich lernte zum Beispiel: Man muß achtgeben, daß nicht Unliebsames hineingerät und sich darin ausbreitet. Dieser Satz kam mir wie ein Blumengesteck vor, mit lauter Blumen, die bei uns nicht wachsen. Bei der Großmutter stehen solche Gestecke herum. Wer schenkt ihr das? Keine Ahnung. Jedenfalls hatte ich mit diesem Satz ein besonderes Glück. Die Mama kam nach Hause und sah, daß die Schranktür im Schlafzimmer offenstand, und sie sagte, sie will das nicht, sie will, daß die Schranktür immer geschlossen ist. Und ich sagte und machte ein vornehmes Gesicht dazu, nämlich einen kleinen Mund und einen hohen Hals: Verzeih, Mutter, ich weiß, du möchtest nicht, daß etwas Unliebsames hineingerät und sich darin ausbreitet. Da hat sie geschaut und hat mich den ganzen Abend gelobt. Das war ein Fest für uns beide. Ich habe sie auch gelobt.

Und als ich gerade mit viel Kraft das Leintuch über die Matratze spannte, kamen Emir und die Mama ins Schlafzimmer. Emir kam zuerst.

»Ich helfe dir«, sagte er.

»Ich mach das später«, sagte die Mama. Und ohne mich anzusehen, aber mit schlechtem Gewissen, was ich gern habe: »Laß doch, Ferdinand, es hätte eh gewechselt werden müssen.« Was nicht stimmte, denn sie hatte die Bettwäsche erst vorgestern frisch überzogen.

»Soll ich in mein Zimmer gehen?« fragte ich mit schnurgeradem Ton. Schaute dabei weder in die Augen von Emir noch in die Augen von der Mama, sondern zwischen den beiden hindurch. Ich tat wie ein fernöstlicher Diener, der nicht zu durchschauen ist und dem man sicherheitshalber alles mögliche zutrauen sollte.

»Nein, nein«, sagte Emir und hob die Matratze hoch, und ich konnte bequem das Leintuch darunter schieben. »Wir wollen doch, daß du bei uns bleibst, Ferdinand.«

»Ich wollte nicht böse zu dir sein«, sagte die Mama.

Ich sagte nichts. Strafe.

Tschakko hatte einmal erzählt, mancher Affe sei so stark, daß er einen Menschen zweimal töten könne. Ich weiß nicht mehr, wie wir auf dieses Thema gekommen sind. Normalerweise macht mir nicht so schnell einer etwas über Tiere vor. Aber Tschakko wußte besser Bescheid als ich. Nicht nur über Katzen. Er rechne sich sowieso mehr der Tierwelt zu, sagte er. Für ihn wäre der Dschungel kein Gegner. Und in einer Höhle unter Pelztieren zu übernachten, würde er manchem Bett vorziehen. Allgemein muß ich zugeben, daß er mehr lebende Tiere gesehen hat als ich. Viel mehr. Ich habe fast keine lebenden Tiere gesehen. Wenn ich Fliegen und Käfer und Vögel weglasse, glaube ich, habe ich überhaupt noch nie ein lebendiges Tier gesehen. Außer meiner Katze. Affen habe ich noch keine lebendigen gesehen. Trotzdem: Wenn ein Mensch schon tot ist, muß ein Affe ihn doch kein zweites Mal töten. Oder hatte Tschakko gemeint, wenn zwei Menschen hintereinander stehen, und der Affe schlägt zu, dann sind sie tot wie einer.

Die Zudecke wurde an diesem Abend nicht überzogen. Es geschah nämlich eine Katastrophe. Für mich war es eine Katastrophe. Sogar ein Mensch mit einer Baßstimme kann plötzlich klingen wie eine Sirene. Das ist bekannt. Die Mama hat keine Baßstimme, aber auf einmal kreischte sie auf, und es klang wie eine Sirene. Und ich wußte sofort, sie tut das nicht absichtlich, es kreischt aus ihr heraus, und sie kann nicht einmal bestimmen, wann es aufhört.

Emir kniete vor ihr. In Wirklichkeit kniete er nicht vor ihr, sondern vor dem Bett, weil er gerade das Leintuch auf der Seite hineinstopfte. Aber als sie zu schreien anfing, drehte er sich zu ihr hin, und es sah aus, als knie er vor ihr. Da sah ich die Katze, wie sie vor dem geschlossenen Schlafzimmerfenster auf dem Sims stand. Die Augen weit aufgerissen. Starr stand sie. Wegen ihr schrie die Mama.

Die Mama ist anfällig für Vorzeichen. Sie macht sich damit das Leben schwer. In meiner Katze sah sie ein Vorzeichen, einen Schatten, dick und weich wie ein Radiergummi, der über ihr Leben gezogen werden soll. Von wem? Sie riß am Fenstergriff. Die Katze machte nur einen kleinen Schritt rückwärts wie eine Seiltänzerin. Hob eine Pfote vorne. Eine der Hinterpfoten war über dem Abgrund. Wenn die Mama wüßte, wie weich diese Pfoten sind!

Die Katze bekam einen Schlag in die Seite, Mamas Hand wie ein Tischtennisschläger. Und die Katze, mein Tier, stürzte. Aus dem zweiten Stock. In das schmale Rasenbeet, das nur zur Zierde angelegt ist. Bitte, fall nicht weiter vom Haus weg! Das Beet kann sie überleben, dachte ich. Aber mein Kopf mit seiner ganzen Vorschau auf die Zukunft war mit diesem Schlag ohne Hoffnung. Wenn meine Katze jetzt leidet, will ich auch leiden. Tschakko wird sagen, man muß einen Menschen danach beurteilen, was man ihm anvertrauen kann, und mir nichts, das ist hiermit bewiesen. Es hätte der Plan bestanden, einen Nachmittag mit der Katze unter der Zudecke zu verbringen, ein Lufttor an der Seite, wir beide allein, wie in einem Bergwerk, Licht nur so viel, wie durch den Stoff scheint, und wenn das Telefon klingelt, strecke ich die Zunge heraus, weil es eh nur die Großmutter ist oder ihre Freundin, die betrunken ist und fragt, ob ich weiß, wo meine Großmutter ist. Wenn die Katze verletzt ist oder gar gelähmt ist, werde ich für sie sorgen bis an ihr Ende. Wenn sie nur nicht tot ist, die nicht einmal einen Namen von mir bekommen hat.

Emir war aufgesprungen und hatte die Hände nach der Mama ausgestreckt, jetzt drückte er sich an die Wand. Es war so, als würde er gleich darin verschwinden. Der will auch nichts weiter, als zu einem Foto werden, das von nichts etwas weiß. Ich rannte in die Küche. Ich trank in einem langen Schluck Kaffee aus der Thermoskanne. Mir wurde augenblicklich schlecht. Und kalt war mein Gesicht.

Meine Mutter rief meinen Namen. Mit einem Fragezeichen am Ende. Und noch einmal dasselbe. Und noch einmal. Immer mit Fragezeichen. Aber das sind keine Haken, mit denen sich die Katze retten kann.

Etwas Müdes war in der ganzen Wohnung auf einmal. Ich schlich wieder zurück zu den beiden, blieb aber an der Tür stehen. Meine ganze Mutter lag unter der Decke. Emir saß am Rand und streifte mit der Hand auf und ab, er konnte nur spüren, was er berührte. Sie war ganz still. Er war ganz still. Ich sah, daß Blutspuren auf dem Kissen waren. Von der Lippe immer noch? Oder von Tschakko? Die ich übersehen hatte? Wo hatte Tschakko eine Wunde gehabt? Oder Blut von mir? Blut von der Katze. Blut aus dem Fluß. Blut aus dem rußigen Gefängnis oder Blut, weil ein Affe zwei Menschen erschlagen hat.

Dann hatte ich Mamas Tränengesicht vor mir, ich war in ihrem Glückstrichter, der jetzt ein Unglückstrichter war.

»Wir holen sie«, sagte sie. »Es tut mir so leid, mein lieber, einziger Schatz.«

Emir sagte: »Eine Katze fällt immer auf die Füße.«

Sie sagte: »Wem gehört denn die Katze?«

Emir sagte: »Eine Katze hat sieben Leben.«

Sie sagte: »Ich bin eine blöde Kuh. Was bin ich nur eine blöde Kuh!«

Sie zogen sich etwas über und gingen nach draußen. Vom Schlafzimmerfenster aus sah ich die beiden den Rasenstreifen und das Gebüsch absuchen. Sie suchten die Katze und fanden sie nicht. Sie schauten in den Himmel hinauf, als ob es sein könnte, daß sie davongeflogen ist. Das kann aber nicht sein. Ich hätte gern einen Nachmittag lang mit der Katze Bergwerk gespielt. Und sie sollen mir nicht sagen, daß sie mir eine andere besorgen. Da wäre doch nichts dabei gewesen, einen Nachmittag ich und die Katze! Ich hätte sie nicht unter die Zudecke gezwungen. Alles wäre freiwillig gewesen.

Dann kamen die Mama und Emir in die Wohnung zurück. Mamas nasse Strümpfe hinterließen Spuren auf dem Parkett. Emirs Bartstoppeln waren gewachsen, das kam mir so vor. Sie redeten nicht mit mir, verdrückten sich ins Badezimmer. Ich hörte, wie der Schlüssel umgedreht wurde.

Und da schlich ich mich aus dem Haus. Das hätte jeder andere auch getan.

Ich weiß nicht, wie ich beschreiben soll, was mit mir los wr. Alles an mir schien sich zu bewegen. Ich konnte nicht stillhalten. Im Kopf drehten sich die Gedanken ohne Befehl. Ich tat, was ich normalerweise nie tun würde: Ich ging schief, so als wäre meine Seite gelähmt. Ich wollte das nicht wirklich, das heißt, es gefiel mir schon, es beruhigte mich, daß ich ein bißchen ein anderer war, ein Krüppel, der überall respektiert wird. Und wenn mich jemand angeredet hätte, hätte ich mir obendrein einen Sprachfehler ausgedacht und beim Reden den Mund hochgezogen, als hätte ich oben keine Zähne, Zahnausfall durch Krankheit, und wenn mich die Polizei nach meiner Adresse gefragt hätte, hätte ich eine falsche angegeben.

Ich spazierte am Fluß entlang. Ich entfernte mich von unserem Block wie aus einer Höhle. Jeder Schritt war ein Tappen durch meinen Kopf. Tapp, tapp. Wenn ich mit den Fersen auftrat, spürte ich ein Hämmerchen in meinem Hinterkopf. Der Mond war nicht da. Weiden standen wie krumme Besen in den Himmel. Licht war von den Laternen. Der Fluß rauschte, aber nur wenig. Wenn man so neben ihm ging, hatte er nichts Unheimliches an sich. Auch in der Nacht nicht. Er führte viel Wasser mit sich. Das war alles.

Ein Mensch, der einen Kinderwagen schob, kam mir entgegen. Es war eine Frau. Sie schob den Wagen, als ob es aufwärts ginge. Ihr Körper lehnte an den Griffen. Ich kannte sie vom Sehen. Vom Einkaufen her kannte ich sie. Vor dem Supermarkt stand einmal ein Kinderwagen mit einem eingepackten Kind. Es nieselte. Sprühregen mit Wind. Blies dem Kind Feuchtigkeit ins Gesicht. Kopfkissen, Decke, alles war naß. Das Kind schrie. Und keuchte. Hat eigenartig geklungen. Habe nie wieder solche Töne gehört. Und niemals vorher. Ich hatte kein Mitleid. Aber ich interessierte mich. Leute standen herum. Diskutierten. Ich war von der Großmutter geschickt worden, eine Flasche Rotwein zu holen. Die Mama zahlte. Also den besten. Ich beeilte mich mit dem Einkaufen, denn ich wollte sehen, wie das mit dem verregneten Baby draußen weiterging. Die Menschen regten sich auf. Aber keiner traute sich, den Kinderwagen irgendwoanders hinzuschieben oder gar das Baby herauszunehmen. Vor dem Weinregal stand die Frau mit der Sonnenbrille. Ich bat sie, mir eine Flasche Rotwein vom zweiten Regal zu holen. Ich war zu klein. »Den teuren«, sagte ich, »weil wir Besuch haben.« – »Das interessiert mich nicht«, sagte sie. Vielleicht hatte sie eine seltene Augenkrankheit. Sie hatte nur Wegwerfwindeln und Bananen in ihrem Einkaufswagen. Sie gab mir eine Weinflasche. Ich tat fachmännisch und sagte: »Nein, nicht den, den daneben, ja den.« Das Kind vor dem Geschäft gehörte ihr. Unter der patschnassen Wolldecke schauten rote Stiefelchen hervor. Die waren auch naß. Sie lud ihre Sachen in das Gepäcknetz und löste die Sperre des Kinderwagens. Keiner von den Menschen sagte etwas. Ich wette, das machte die Sonnenbrille. Meine Mutter hat mich garantiert nie vor einem Geschäft stehenlassen. Ich konnte die Frau nicht leiden. Eine böse Frau. Jünger als die Mama. Und schöner. Wie im Video, wenn eine Popgruppe gefährlich tun will und die Sänger beim Singen von unten heraufschauen.

Als sie mir beim Fluß unten begegnete, dachte ich, sie bringt Unglück, sie bringt mir heute noch mehr Unglück. Sie ist es, die das Unglück über uns bringt. Sie ist das Unglück, dachte ich. Sie ist das Dreckigwerden von den Bettsachen, sie ist die schlechte Laune von der Mama, sie ist das Herunterfallen der Katze, und daß es so schwer ist in mir, das ist auch sie. Ich hatte einen Haß auf sie und auf ihr Baby auch, und es tat mir leid, daß es sich damals vor dem Supermarkt nicht etwas geholt hatte.

»Hallo«, sagte sie. Sie trug keine Sonnenbrille. Das wäre ja auch zu blöd gewesen in der Nacht, am Tag trug sie immer eine Sonnenbrille, auch wenn es regnete. Jetzt in der Nacht bei dem Laternenlicht sah sie wieder so aus wie in einem Musikvideo, auch ohne Sonnenbrille sah sie so aus.

»Hallo«, sagte ich. Aber ich tat stur. Schaute sie nicht an. Machte mein berühmtes Bockgesicht, mit dem ich sogar die Mama auf die Palme bringen kann.

»Hat man dich wieder zum Einkaufen geschickt?« fragte sie scheinheilig.

»Jetzt hat alles zu«, antwortete ich.

»Bei der Araltankstelle würde man noch etwas kriegen. Was brauchst du denn?«

»Ich brauche nichts.«

»Kannst du mir«, sagte sie, »drei Sekunden lang den Wagen beaufsichtigen.«

»Warum?« fragte ich.

»Kannst du oder kannst du nicht?«

»Ich kann«, sagte ich, »aber ich muß wissen, warum.«

»Ich will etwas wegwerfen«, sagte sie.

Sie hatte nicht gesagt, ich solle das Kind beaufsichtigen, sie hat gesagt, ich soll den Wagen beaufsichtigen. Ich tat es, indem ich eine Hand an den Wagen legte. Aber den Wagen nicht anschaute.

Als das Kind zu schreien begann, diesmal mit normaler Babyschreistimme, drehte ich mich um und ging zurück zu unserem Block. Nicht schnell ging ich. Ich floh nicht. Ich habe nichts mitgenommen. Ich habe nichts angefaßt. Ich habe nichts verletzt, nichts zerstört und nichts gestört. Und an nichts hatte ich Schuld. Ich habe auch nicht mein Wort gebrochen. Denn ich hatte nichts versprochen. Ich hätte das Kind wahrscheinlich beruhigen können. Das hätte man mir aber sagen müssen. Der Auftrag lautete nicht: Kind beruhigen. Der Auftrag lautete: Wagen beaufsichtigen. Mit Lichtstrahlen aus meinen Augen hätte ich das Kind beruhigt. Meine Lichtstrahlen treffen auf die Pupillen des Säuglings und zerschmelzen jeden Kummer und jede Angst. Eine Art Laserstrahl. Das Baby hört auf zu schreien und strampelt ein rotes Stiefelchen vom Fuß. Erst als ich bei der Einfahrt zu unserem Block war, rannte ich, als hätte ich gestohlen. Ich trug meinen Pyjama und die Gummistiefel. So gehe ich auch in den Supermarkt zum Einkaufen. Daran wird mich die böse Frau erkannt haben.

Meine Beine führten mich in den Keller. Tschakkos Abteil war unversperrt. Ich betrat den Raum, setzte mich auf den Scheitbock und stellte mir vor, ich wäre Tschakko. Ich schaute wie er. Da löschte sich jeder Gedanke aus meinem Kopf. Zwei Stunden blieb ich sitzen.

Ich läutete an unserer Tür. Die Großmutter öffnete. Sie wunderte sich über nichts mehr. Sie hat die Angewohnheit, gerade zu stehen wie ein Soldat, wenn sie ihre Predigt hält. Zwischen ihren Lippen klemmte eine Zigarette. Sie kann das, ohne zu husten. In ihren Runzeln muß Dreck sein. Den Rauch bläst sie durch die Nase. Alles ist gelb an ihr. Sie sagte, Emir und die Mutter seien auf der Suche nach mir, und was mir überhaupt einfalle. Im Fernseher lief ein Nachtfilm in schwarzweiß, in dem Leute vorkommen, denen alles passiert, was nur passieren kann.

Ich verschwand in mein Zimmer, und sie schimpfte: »Tu das nur! Geh! Versteck dich und schäm dich! Man will dich hier nicht mehr sehen!« Das glaubte ich ihr nicht.

Von der Katze wußte sie nichts. Ich öffnete die Tür einen Spalt und fragte: »Hat man die Katze gefunden?«

»Was für eine Katze denn, um Himmels willen!«

Da machte ich die Tür wieder zu und sperrte ab.

»Du sperrst nicht ab!« rief die Großmutter und patschte mit der flachen Hand gegen die Tür. Eine trockene, gelbe Hand ist das, die nach Zigarettenrauch stinkt, an der die Haut bei den Fingernägeln Fältchen zieht.

Das Gewehr war noch da. Wenn ich mich auf den Rücken legte, konnte ich mit der Hand unter das Bett greifen und konnte das Gewehr fühlen.

Dann sperrte ich mein Zimmer wieder auf, ich tat es so leise, daß es die Großmutter, die inzwischen in der Küche aufräumte und weiter vor sich hinschimpfte und dabei hustete, nicht hören konnte. Mir lag nichts an der Großmutter und mir liegt bis heute nichts an ihr, und über die Todesnachricht würde ich mich nicht freuen, aber auch nicht aufregen.

Mitten in der Nacht kam meine Mutter an mein Bett, und ich spürte das Feuchte in ihrem Gesicht.

»Nur ich bin an allem schuld«, sagte sie. »Aber ich wollte es nicht! Glaub mir, ich dachte, ich sehe Gespenster! Eine Katze auf dem Sims! Sie muß sich weggeschleppt haben und wird irgendwo verletzt liegen. Wir haben alles abgesucht. Was mache ich jetzt nur? Du wirst mich nie wieder liebhaben.«

»Doch, doch«, sagte ich.

Sie kuschelte sich mitsamt ihren Kleidern zu mir ins Bett.

»Hoffentlich ist sie nicht tot«, sagte sie.

»Eher, daß sie nichts hat«, sagte ich.

»Ich glaub's aber doch«, sagte sie. »Es war ein Reflex.«

»Das gibt's«, sagte ich. »Wo ist Emir?« fragte ich.

Sie gab mir keine Antwort darauf. Aber es war alles gut. Wir lagen über dem Gewehr. Das machte mir Sorgen. Nur das. Und das auch nur, weil mir in der Nacht etwas in Erinnerung kam. Ich erinnerte mich, wie Eisen gemacht wird. Daß man in einen Berg hineingräbt mit einem Bagger, der mindestens zwanzig Schaufeln hat, die an einer Raupe angebracht sind, meistens braun, und jede Schaufel sieht aus wie eine mächtige Kralle, eine schöpflöffelförmige Kralle, so groß wie der Geräteschuppen, den man vom Schlafzimmerfenster aus auf der anderen Seite des Flusses sehen kann, wo ich noch nie war. Und mit diesen riesigen Krallen kratzt der Bagger in den Berg hinein und holt das Eisen heraus, das noch gar nicht wie Eisen aussieht. Und dazu hat der Fernsehsprecher gesagt, das dürften wir nie vergessen, wenn wir ein Ding unseres Lebens, das aus Eisen ist, in der Hand halten. Die Stimme des Sprechers kenne ich gut, einmal, glaube ich, war er ein Mann, der mit seinem Auto auf der nassen Straße ausrutschte und dabei ums Leben kam, ein anderes Mal, das weiß ich genau, war er ein tätowierter Sträfling, der sich an einer ganzen Familie rächt, ich habe allerdings nicht richtig mitgekriegt, warum er das tut. Und das alles ist im Eisen enthalten, daran sollten wir denken, wenn wir in unserem täglichen Leben Eisen in die Hand nehmen. Jetzt, dachte ich in der Nacht, jetzt ist ein Stück Eisen in unserer Wohnung, und es liegt unter meinem Bett, und auf dem Bett liegen meine Mama und ich, und die Mama weiß nichts davon. Was aber, wenn das Eisen will, daß man daran denkt, wie es aus dem Berg geholt worden ist? Wenn das Eisen zum Beispiel beleidigt ist, wenn wir Menschen nicht daran denken? Was dann? Am Abend nach der Fernsehsendung sagte die Mama, die Töpfe auf dem Herd zum Beispiel, die seien aus Eisen. Da mußte ich lachen. – Ich schlief wieder ein.

Am nächsten Morgen begann mein Glück. Es folgten die glücklichsten Tage meines Lebens. Alles wurde gut. Ich wachte im Schlafzimmer auf, neben der Mama. Beide wachten wir in derselben Sekunde auf. Und beide lachten wir darüber. Und beide wunderten wir uns, daß wir im Schlafzimmer auf dem Bett lagen. Zugedeckt mit den Decken, die nicht überzogen waren. Ich sprang auf und blickte zum Fenster hinaus und sah meine Katze. Die Mama tanzte vor Freude und sagte, sie wolle einen Milchzopf aus dem Tiefkühler holen und auftauen. Ich lief barfuß hinaus und nahm die Katze in meine Arme. Die Mama setzte sie sich in der Küche auf den Schoß und lobte die Schönheit ihres Felles. Die Katze war nicht böse auf die Mama. Alles war gut. Die Katze schnurrte und boxte mit ihrem Kopf gegen die Faust der Mama. Wir lachten viel bei diesem Frühstück. Der aufgetaute Milchzopf schmeckte besser als ein frischer. Ich aß zwei Stücke mit Butter und der berühmten Mischmarmelade aus Brombeer, Holderbeer und Himbeer und dann noch das halbe Stück von der Mama, das aß ich ich ohne alles. Am meisten lachten wir über die Großmutter, die es ja eigentlich gut meint. Die Mama fragte mich, was ich am Tag machen wolle. Ich sagte, ich werde die Küche aufräumen und die Betten endgültig überziehen, und dann werde ich mich mit der Katze ins Bett legen und Bergwerk spielen. Sie fragte mich, wie das gehe, das Bergwerkspielen. Ich erklärte es ihr, sagte aber, ich wisse es selbst noch nicht so genau, weil ich noch nie in meinem Leben mit einer Katze Bergwerk gespielt hätte. Dann küßte mich die Mama und streichelte die Katze und ging zu ihrer Arbeit.

Von Tschakko habe ich meiner Mutter natürlich nichts erzählt. Er wird sich in der Nacht herumgetrieben haben, dachte ich, und erst spät in den Keller gekrochen sein. Ob er das Flußufer abgesucht hat? Weiter unten, wo keine Laternen mehr stehen? Mit einer Taschenlampe? Oder einfach nur mit seinen Händen im Finstern? Ich packte Brot und ein breites Stück Milchzopf und ein Stück Wurst und ein Stück Käse und zum Trinken eine Flasche Orangensaft in den Plastiksack, den Emir gestern mitgebracht hatte, und ging in den Keller. Aber Tschakko war nicht da. Und das war wieder ein Glück. Ich war nämlich froh, daß er nicht da war. Ich konnte mit seinem Leben nichts mehr anfangen. Ich hätte ihn fragen müssen: Warum hast du mich angelogen? Und warum hast du deinen Vater und seine Freundin erschossen und in den Fluß geworfen, wenn du ja doch nicht nach Norwegen kannst? Vielleicht ist er verhaftet worden. Sicher hat er nicht den Lahmen gespielt oder den mit dem schiefen Mund, den Krüppel, den jeder respektiert. Wahrscheinlich sitzt er im Gefängnis. Ist mit Draht gefesselt oder ist nicht mit Draht gefesselt. Eine Feuerstelle in seiner Zelle ist sicher nicht erlaubt. Die Zelle wird einen Heizkörper haben, einer wie wir sie in unserer Wohnung haben. Die übrigens auch aus Eisen sind, das fällt mir gerade ein.

Den Plastiksack mit dem Proviant stellte ich neben den Hackstock. Tschakko war immer noch mein Freund.

Dann begann mein Tag!

Als erstes gab ich der Katze einen Namen. Ich nannte sie Mutzle. Ach ja, den Namen habe ich mir natürlich nicht ausgedacht, die Mama hat so zu mir gesagt, als ich noch sehr klein war, etwa so klein wie das Baby in dem Wagen, den ich gestern nacht beaufsichtigt hatte. Ich selbst kann mich nicht erinnern, daß die Mama so zu mir gesagt hat. Sie hat es mir erzählt. Damals hatte die Mama ihrem Sparkonto ein Kennwort gegeben, und dieses Kennwort lautete ebenfalls Mutzle. Sie sagt, sie hätte am liebsten zu allem Mutzle gesagt, so glücklich sei sie gewesen über mich. Es wäre überhaupt nicht nötig gewesen, dem Sparbuch ein Kennwort zu geben, das Sparbuch von der Mama hat eh nie etwas drauf. Sie sagt, sie habe zu dieser Zeit gern reiche Dame gespielt. Sogar Aktien hat sie sich gekauft. Ganz wenige aber nur. Emir sagte, das sei trotzdem vernünftig gewesen.

Zweitens überzog ich das Bett im Schlafzimmer. Drittens holte ich aus der Keksdose zwei große Pischingerwaffeln, zerkleinerte sie in schmale Tortenstückchen und legte sie auf einen Suppenteller. Suppenteller deshalb, damit die Brösel einen hohen Rand um sich herum haben. Viertens endlich kroch ich mit Mutzle und dem Teller unter die Zudecke. Ich hätte es verstanden, wenn Mutzle das nicht gleich gewollt hätte. Aber sie hat es gewollt.

Ich ließ ein ziemlich großes Luftloch auf der Seite zum Fenster hin. Mutzle knurrte. Ich aß Waffeln. Ich rollte mich zusammen. Ich selbst, stellte ich mir vor, wäre ein Berg, aber ein unergiebiger, das heißt einer, bei dem man nichts abhauen konnte. Mutzle machte die Augen zu, sie war für mich so etwas wie eine Maschine, die Strom erzeugt. Dann formte ich mit den Händen schöpflöffelartige Baggerschaufeln und tat so, als ob ich aus der Zudecke Eisen abbauen würde. Die Zudecke stellte nämlich den ergiebigen Berg dar. Dazu blies ich aus den Backen die entsprechenden Geräusche. Es gehörte auch zu den Aufgaben des Baggers, die Katze am Kinn zu kraulen. Wenn Mutzle eine Art Akku war, dann war das Kraulen so etwas wie das Aufladen bei einer Batterie. Als ich alle Waffeln gegessen hatte, stellte ich den Teller neben das Bett, und Mutzle und ich schliefen eine Stunde lang.

Dann schaltete ich den Fernseher ein.

Mein Zimmer betrat ich nicht.

Ab vier Uhr nachmittags war die Wohnung blitzblank aufgeräumt. Ich setzte mich neben Mutzle auf den Fußboden im Flur und wartete auf die Mama.

Die Mama kam, und mit ihr kam die Großmutter, und hinter den beiden betrat Emir die Wohnung. Emir mit zwei großen Koffern.

Meine Mutter war nicht aufgeregt. Gestern war sie aufgeregt gewesen. Heute war sie es nicht. Sie stellte sich dicht neben Emir. Es war sogar ein Wölkchen Traurigkeit um ihre Augen. Emir sah erschöpft aus. Um das Kinn glänzte es. Jeder Mann möchte so ein Kinn haben, glaube ich. Ich werde nie so eines bekommen. Die beiden haben einen Kampf geführt und den Kampf gewonnen. Dann stehen die Sieger so da und schauen eine Weile, bis sie wieder einen Gedanken fassen können. Es gibt Kämpfe, nach denen schütteln sich Sieger und Verlierer die Hand. Auch wenn der Verlierer einen ganzen Planeten verloren hat und die Galaxie verlassen muß. Trotzdem.

Das Wort führte die Großmutter. Sie zog mich vom Boden hoch.

Folgendes sagte sie: »Und den da nehme ich mit. Eine Woche bei der Oma, und es wird ein Mensch aus ihm. Damit ihr euer Glück genießen könnt. Aus diesem Grund bin ich da. Basta!«

Ich wäre also der Verlierer gewesen. Aber der war ich nicht. Im Gegenteil.

Folgendes sagte nämlich Emir: »Aber den wollen wir doch haben.«

Und folgendes sagte nämlich die Mama: »Natürlich wollen wir den haben, was denkst du!«

Sie wollten mich haben, und die Großmutter war besiegt. Sie ging dann. Tat, als ob sie fröhlich wäre. Als ob es ja nur ein Vorschlag gewesen wäre. Als ob es ihr im Prinzip egal wäre. Ich habe kein Mitleid mit den Verlierern. Die Großmutter ist eine Verliererin. Wir beide haben uns nicht angesehen. Es ist aus zwischen uns. Seit jenem Abend, als ich bei ihr war und mich aufgeführt habe. Ich saß auf ihrem Küchentisch, den ich nicht ausstehen kann, und sagte kein Wort. Ich schaute sie an, immer mitten in ihre Augen hinein mit meinem Augenstrahl. Und dazu kein Wort. Dann wirkt nämlich der Augenstrahl doppelt. Sie sagte: »Was schaust du denn so?« Ich sagte nichts. Sie sagte: »Willst du ein Foto von mir?« Ich sagte nichts. Dann sagte sie: »So, du Blödian, jetzt ist Schluß!« Ich schaute sie weiter an, schickte weiter meinen Vernichtungsstrahl in ihre Augen. Sie sagte: »Weißt du was, wenn du jetzt nicht sofort etwas sagst, dann hau ich dich an die Wand!« Ich sagte nichts. Es hätte mir nichts ausgemacht, wenn sie mich an die Wand gehauen hätte. Und dann war es aus zwischen uns. Endgültig. Wenn es nach mir ginge, würde ich nie mehr ein Wort mit ihr reden. Nach einiger Zeit würde ich vergessen, daß ich jemals, jemals eine Großmutter hatte.

Wenn der Kopf voll guter Dinge ist, fällt einem die Arbeit leicht. Es sah günstig aus für meine Mama. Emir interessierte sich wieder für sie. Wie es schien, liebte er sie sogar. Wie das geschehen hatte können, war mir nicht klar. Passierte es ohne ihr Zutun? Noch gestern hätte ich ihr wenig Chancen gegeben. Jedenfalls brauchte sie von nun an nicht mehr auf ihn zu lauern wie eine Attentäterin. Für mich war das ebenfalls eine Erleichterung. Immer mit Mamas Unglück zu leben, wäre mir zuviel geworden. Ich bin schließlich keine Maschine und mein Unglücksspeicher hat wenig Platz. Ich hasse Verlierer, und ich hasse unglückliche Menschen. Und wenn ich selber unglücklich bin, könnte es geschehen, daß ich mich selber zu hassen beginne. Ich will damit nicht sagen, daß ich beide durch und durch kenne, keiner kennt den anderen bis in den kleinsten Winkel. Was auf der Oberfläche sichtbar für mich war, damit konnte ich zufrieden sein.

Emir hatte ihre Hand gefaßt und sie ins Schlafzimmer gezogen. Meine Mutter bewegte sich wie eine Schlafwandlerin. Nach dem Essen, das sehr umfänglich war, hatte sie den Reißverschluß an ihrem Rock zur Hälfte geöffnet, was darauf schließen ließ, daß ihr vor lauter Glück vieles egal war. Im Moment. Alles galt nur für den Moment. Man durfte nur dem Moment trauen. Das weiß ich aus meiner Erfahrung. In der kritischen Zeit, als Emir einmal kam und dann ging und dann wieder kam und wieder ging, da ließ sie ihren Bauch immer eingezwängt. Heute war alles gut. Die Mama redete wenig, hauptsächlich stellte sie ihm Fragen. Kurze Fragen, die er lange und leise beantwortete und dabei mich genausooft anschaute wie sie, was ich ihm hoch anrechne. Emir ist einer, der alles versteht und froh ist, wenn man ihn sein läßt.

Ich fragte mich, als ich daran ging, die Küche aufzuräumen, warum Frauen nicht etwas erfinden, was ihnen das Hausfrauenleben erleichtern könnte. Mehr als einen Mixer oder ein Bügeleisen oder einen Staubsauger oder eine Waschmaschine. Einen Roboter. Ich setzte bei meiner Küchenarbeit meine Armbewegungen so ein, als wären meine Gliedmaßen aus Metall. Eisen nicht. An diesem Abend war es mein ausdrücklicher Wunsch gewesen, die Küche aufzuräumen. Das Geschirrspülen machte mir Freude. Wir hätten schon lange eine Spülmaschine, wenn wir nicht bloß zu zweit wären, die Mama und ich. Ich hielt meine Hände im seifigen Spülwasser wie die Frau aus dem Werbefernsehen. Ich trocknete die Goldrandteller und lächelte dabei. Ich putzte die Pfanne mit dem Kupferreiber sauber. Ich polierte die Gläser und das Sonntagsbesteck mit einer Stoffwindel, die eignen sich nämlich als Küchentücher am besten, weil sie so gut saugen. Ich glänzte den Abwasch zu einem Spiegel. Ich hörte Emir und meine Mutter im Schlafzimmer und wartete, bis sie mich bei sich brauchen konnten. Das Fenster war vom Dampf beschlagen. Ich rieb es sauber. Sogar den Lampenschirm staubte ich ab. Licht ist ein schöner Gegenstand. Ich kehrte den Boden und wischte ihn auf Knien. Dabei hörte ich Walzermusik aus dem Radio. Ich erinnerte mich daran, daß ich im frühen Alter der Mama meinen Mantel brachte, und das sollte heißen, daß ich spazierengehen wollte. Das machen doch auch Hunde mit ihren Leinen. Ich bin gern für mich. Ich wollte, daß meine Mutter und Emir auch ganz für sich sein konnten. Ich liebte die Gemütlichkeit an diesem Abend. Dann ging ich schnell in mein Zimmer, holte einen frischen Pyjama aus meinem Schrank, Licht machte ich keines, zog den frischen an und warf den gebrauchten ins Bad. Ein bißchen Dreck wischte ich noch weg. Polierte auch noch irgend etwas. Am Ende setzte ich mich neben Mutzle im Flur auf den Boden und wartete.

Sie riefen meinen Namen. Erst rief die Mutter. Dann Emir.

Folgendes riefen sie: »Ferdinand! Unser Schatz! Ferdinand, komm zu uns. Aber marsch!«

Mein Pyjamaärmel war feucht vom Putzen. Meine Haare rochen nach Küche. Mich hätte ich waschen sollen!

Ich sagte: »Soll ich mich nicht zuerst baden und dann erst zu euch kommen?« Ich fragte vor der Schlafzimmertür.

Die Antwort: »Nein, komm gleich!«

Meine Mutter lag im Arm von Emir. Sie lösten sich voneinander und machten mir Platz in ihrer Mitte. Ich spürte ihre warmen Körper. Sie streichelten mir über die Haare, und dann lobten sie mich ausgiebig.

Meine Mutter: »Ist er nicht schön!«

Emir: »Er ist ein lieber Kerl!«

Mutter: »Er ist ein schöner Kerl, und bald wollen ihn alle haben. Aber noch gehört er uns.«

Emir: »Noch dürfen wir ihn haben, das ist wahr.«

Mutter: »Er kann alles, er weiß alles, er versteht alles.« Das kommt in einem Märchen vor.

»Danke«, sagte ich.

»Und er kann Dinge, die sonst keiner kann«, sagte meine Mutter.

»Was zum Beispiel?« fragte ich.

»Zum Beispiel«, sagte sie, ohne nachzudenken,

»kann er ganz genau einen Tag erzählen, den er erlebt hat.«

»Das ist nichts Besonderes«, sagte ich. »Wenn man zum Beispiel bedenkt, daß ein junges Rebhuhn noch mit den Eierschalen auf dem Rücken laufen kann.«

Da war es still in unserem Bett. Ich sage manchmal absichtlich etwas nach, was ich ein paar Stunden vorher im Fernseher gehört habe, weil ich weiß, daß das meiner Mutter Freude bereitet und sie stolz macht.

Ich hatte meinen Kopf von aller Sorge leergefegt.

Ich war bereits sieben Monate in ihrem Bauch, als sie Emir zum erstenmal getroffen hat. Sie ging spazieren. Täglich ging sie spazieren, damit ich ein gesundes Kind abgäbe. – Diese Geschichte erzählten sie jetzt, als wir drei im großen Bett lagen, die beiden und ich, ich in der Mitte, Kopfkissen und Zierkissen im Rücken. Und im Zimmer roch es gut.

Früher Abend, Ende Februar, sehr kalt, auf dem Weg in Richtung Spedition Weiss. Meine Mutter trug warme Stiefel und den dicken Fuchsmantel, der nun bei Tschakko war und ihn hoffentlich gut warm hielt. Sie rutschte auf dem Eis, das machte sie gern, so tun, als hätte sie Schlittschuhe an den Füßen. Und vergaß über die Freude ihren Bauch und mich drinnen. Sie rutschte, und es gefiel ihr. Aber da fiel sie hin. Kein Weh. Keine Gefahr für ihren Bauch und mich drinnen. Aber das Aufstehen machte ihr Schwierigkeiten. Denn der Erdboden war spiegelglatt. Und die Schuhe griffen nicht. Und die Hände wurden kalt.

Da hielt ein Auto an. Es war Emir, der ausstieg, um ihr auf die Beine zu helfen. Es war nicht die leichteste Aufgabe. Auch er rutschte, auch seine Schuhe griffen nicht. Da hatte er sie bis zur Hälfte, da rutschte sie wieder hin. Diesmal schrie sie sogar ein wenig. Emir sagte nur: »Du meine Güte, du meine Güte!« Auf dem Beifahrersitz saß Emirs Frau, die auch einen Namen hatte. Aber diesen Namen darf ich zu Hause nicht aussprechen. Die Großmutter nannte sie die Königin von Saba. Ich habe sie noch nie gesehen. Sie muß wohl schön sein. Wäre sie es nicht, würden sich meine Mutter und meine Großmutter nicht über sie so sehr aufgeregt haben. Ich glaube, die Königin von Saba ist ein guter Mensch. Denn sie war es, die erstens aus dem Wagen ausstieg, eine Decke mitbrachte, die Decke unter meine Mutter und unter die Schuhe meiner Mutter und unter die Schuhe von Emir legte, was sehr praktisch war, und zweitens auch den Vorschlag machte, meine Mutter mit mir in ihrem Bauch drinnen ins Auto zu laden und zum

Krankenhaus zu fahren, um sicherzugehen, daß ihr und mir nichts passiert sei. Das hat die Königin von Saba veranlaßt, obwohl sie gesehen haben muß, daß meine Mutter ihrem Mann gefiel.

»Das muß sie gesehen haben«, hatte meine Mutter schon bei einer anderen Gelegenheit gesagt. »Sie muß es gemerkt haben. Wenn nicht, dann hätte sie ja einen Hieb.«

Meine Großmutter hat darauf gesagt: »Die? Die hat einen Hieb!«

Und meine Mutter hat die Königin von Saba verteidigt: »Du kennst sie ja gar nicht!« hat sie gesagt.

Die Königin von Saba hat ihren Sitz vorne freigemacht, hat sich freiwillig nach hinten gesetzt, und meine Mutter mit mir in ihrem Bauch drinnen hat sich vorne hingesetzt. Das war großzügig von der Königin von Saba, das muß man zugeben, auch wenn die Großmutter meint, das sei ja wohl mehr als selbstverständlich gewesen.

Meine Mutter sagte immer wieder im Auto, es sei nicht nötig, sie ins Krankenhaus zu fahren, es gehe ihr gut, sie sei lediglich auf den Hintern gefallen, und der sei wohlgepolstert. Sie lachte sogar, es war ihr nicht schwindelig, und sie redete auch nicht komisches Zeug, wie es Verletzte tun, die selber nicht wissen, daß sie verletzt sind.

Es gab eine Zeit, da haben meine Mutter und ich so oft über die Königin von Saba gesprochen, daß uns der Name zu lang geworden ist. Das war damals, als Emir kam und ging und kam und ging und alles in der Schwebe war und die Mutter verrückt war und viel herumgeschrien hat, mit mir nicht, aber mit der Großmutter zum Beispiel. Da haben wir, nur wir und auch nur, wenn wir allein waren, den Namen abgekürzt und haben nur noch gesagt: »Die KS.«

Die KS, so hat sie mir meine Mutter beschrieben, war eine große Frau, ein Stück größer als Emir und sehr schlank. Sie hatte die Haare blond gefärbt, aber so geschickt, daß niemand sagen konnte, wie sie eigentlich in Wirklichkeit waren. Auch Emir wußte es nicht. Einmal hat er sie gefragt, angestachelt von meiner Mutter, da hat die KS nur die Augenbrauen hochgezogen, wenn man das überhaupt sagen kann, denn Augenbrauen hat sie eigentlich gar keine gehabt, nur Striche.

Die KS hatte auch einen Beruf, ich weiß nicht, was für einen. Sie verdiente sogar gleich viel wie Emir mit seinen beiden Berufen zusammen. Ich wüßte gern, was das für ein Beruf war. Sie mußte immer sauber und tadellos gekleidet sein für diesen Beruf. Sie hatte die Angewohnheit, die Leute, mit denen sie sprach, genau anzusehen, und sie ging mit ihren Augen nicht von den Augen des anderen herunter, das machte es einem schwer, länger mit ihr zu reden. In ihrem Beruf war das von Vorteil. Behauptete Emir. Sie war sich ihrer Sache immer sicher. Sie sagte: »Nein, mir wäre es lieber, wir würden Sie von einem Arzt ansehen lassen.« Und das klang wie: Sie müssen sich von einem Arzt ansehen lassen! Meine Mutter traute sich nicht zu widersprechen. Man untersuchte meine Mutter und auch mich in ihrem Bauch drinnen, und das Ergebnis war gut.

Die KS sprach lange mit meiner Mutter, so lange wie es dauert, daß Emir zwei Zigaretten raucht. So lange saßen die beiden Frauen in der Eingangshalle des Krankenhauses und warteten. Emir wußte nämlich nicht, daß meine Mutter schon fertig war. Er hatte zu seiner Frau gesagt, er vertrage Krankenhausluft nicht, er gehe nach draußen. Er trug damals, daran erinnerte sich meine Mutter, einen hellen Mantel, wie ihn Detektive in alten Filmen tragen.

»Ja«, sagte meine Mutter, »er hätte damals gut einen Detektiv spielen können.«

»Heute nicht mehr?« fragte Emir.

Da hob die Mama ihren Nacken, schaute über mich hinweg ihn an, runzelte die Stirn und sagte ernst: »Nein, heute nicht mehr.«

»Besser oder schlechter?« fragte Emir.

»Damals gut, heute gut«, sagte die Mama, und ich mußte lachen, weil mich dieser Spruch an eine Werbung für Mehl erinnerte, in der der heutige Geschäftsmann, sein Vater und sein Großvater vorkommen, und dann heißt es, daß das Mehl immer schon gleich gut war und daß man es deshalb kaufen soll. Oder so ähnlich.

Die KS sprach mit meiner Mutter über Kinder und Geburt, und zwar so, als hätte sie mindestens drei Kinder zu Welt gebracht. Aber sie hatte nicht ein Stück zur Welt gebracht. Sie ließ beim Sprechen meine Mutter nicht aus den Augen, ihre Lippen legten sich nach jedem Satz streng aufeinander. Ihr Rücken war tadellos gerade. Mit beiden Händen hielt sie Mamas Hand, mit der einen Hand ihren Daumen, mit der anderen ihren kleinen Finger. »Trotz allem, es hätte schlimmer ausgehen können«, sagte sie. Zum Schluß, als Emir seine zwei Zigaretten geraucht hatte, zog die KS eine Visitenkarte aus ihrer Handtasche und schrieb auf die Rückseite die Privatnummer und auch die Handynummer.

»Das kam mir übertrieben vor«, sagte die Mama.

»Das war es eindeutig auch«, sagte Emir.

Die KS streckte meiner Mutter die Hand hin,

um sich zu verabschieden. Nun aber wollte Emir meine Mutter nach Hause fahren, denn es war schon spät und dunkel war es. Außerdem sei es jetzt noch glatter, gab er zu bedenken. Emir machte den Vorschlag, er setze erst die KS zu Hause ab und fahre dann meine Mutter, wohin sie müsse. Da hat meine Mutter einen Blick gesehen, den die KS ihrem Mann zugeworfen hat. Emir hat diesen Blick nicht gesehen. Und da erst, erst da hat meine Mutter sich gedacht, daß der Mann gut aussieht und nicht zu der Frau paßt.

Auf dem Heimweg im Auto, als meine Mutter und Emir allein waren, sagte Emir, daß ihr der große Bauch gut stehe. Sie sagte, das sage er nur so, in Wahrheit stehe niemandem so ein großer Bauch gut. Er aber sagte: »Im Gegenteil, der Bauch steht Ihnen besonders gut. Ich fürchte sogar, Sie gefallen mir mit dem großen Bauch besser als ohne den großen Bauch.« Und meine Mutter hat ihm das geglaubt. Behauptet sie jedenfalls. Sie sagte: »Dann habe ich ja Glück gehabt, daß Sie mich mit Bauch kennengelernt haben.« Darauf hat Emir nicht geantwortet.

»Ich habe ihm mit dir in mir drinnen besser gefallen als ohne«, sagte sie zu mir. »Das ist wirklich wahr! Daran siehst du, was er für ein besonderer Mann ist!« Das tat mir leid.

Jetzt, als wir zu dritt im Bett lagen, sagte Emir. »Das ist nicht wahr. Ich habe nie so etwas gesagt und nie so etwas gedacht. Das erfindet deine Mutter. Sie hat mir immer gefallen, mit Bauch und ohne Bauch noch besser.«

Meine Mutter lachte: »Das darfst du nicht sagen, dann ist er beleidigt, unser lieber, kleiner Mensch.«

»Ich bin nie beleidigt«, sagte ich, und ich glaube sogar, das stimmte.

Emirs Oberarm lag an meinem Rücken, mit seinem Unterarm und seiner warmen festen Hand umfing er meine Mutter. Unsere Köpfe lagen beide auf seiner Brust, ich in der Mitte, sie mehr am Rand. Ihr Kopf verdeckte den Mickymausaufdruck auf meinem frischen Pyjamaoberteil. Mutzle kratzte an der Tür. Ich war dagegen: »Nein«, sagte ich, »es ist meine Katze. Sie darf nicht.« Alles paßte, nichts zwickte.

Emir kannte mich von Anfang an. Als ob er mein Vater gewesen wäre. Er kam meine Mutter besuchen, vor der Geburt, im Krankenhaus, nach der Geburt. Aber richtig gefunkt hat es erst später. Als einmal die Großmutter ihr Enkelkind haben wollte, und zwar zum Spaziergehen und Angeben, weil sie hoffte, man würde sie für die Mutter halten, denn sie hatte sich die Haare mit einer neuen Methode richten lassen. Es war der erste Nachmittag, an dem meine Mutter seit meiner Geburt allein war. Sie sagte: »Zufällig kam er vorbei.« Das kann sie der Katze erzählen.

Später kam einmal die KS in unsere Wohnung und brachte für mich einen Schlafsack mit. Auf dem Schlafsack waren Elefanten aufgedruckt, rosa Elefanten auf blauem Grund.

»Den hat Emir für dich ausgesucht«, sagte meine Mutter.

Emir sagte: »Nein, das stimmt nicht.«

»Er ist für dich in ein Babygeschäft gegangen«, beharrte meine Mutter. Ich solle mir vorstellen, was das für ein Horror sei, als Mann in einem Babygeschäft einzukaufen.

»Ich habe den Schlafsack nicht eingekauft«, sagte Emir.

Darüber hätte es in unserem gemütlichen Bett fast einen Streit gegeben. Ich sagte: »Es ist doch egal, wer das Ding ausgesucht hat! Es ist nicht mehr da. Verschwunden! Ich kann es nicht mehr brauchen. Zu klein!«

Dann war Ruhe.

Meine Mutter beugte sich über mich, um Emir auf den Mund zu küssen. Ich rutschte unter ihr weg. Ihre Gesichter waren wie aneinander geklebt.

Ich hatte als Baby ausgesehen wie ein kleiner Affe, lange, schwarze Haare auf dem Kopf, einen Flaum am Rücken und über der Stirn. Aber geschrien habe ich nicht. Ich habe so gut wie nie geschrien. Ich hatte keinen Grund dazu. Meine Mutter ließ mich niemals allein im Wagen vor dem Supermarkt stehen. Niemals. Nie.

»Ferdinand war bereits als Säugling eine Persönlichkeit.« Sagte Emir. Das war eine übertriebene Freundlichkeit. Die mir aber gefiel. Es gibt Übertreibungen, die schmeicheln trotzdem. Weil man weiß, sie meinen etwas anderes, etwas Kleineres, das aber dadurch groß gemacht wird. Wenn ich, angenommen, jemandem von Tschakko und seiner Geschichte erzählen müßte, vielleicht weil ich es irgendwann einfach nicht mehr aushalte, dann würde ich es gern Emir erzählen. Aber das ginge nicht. Er würde anfangen, mit der Zunge über seine Lippen zu lecken, und würde Sachen sagen, die nichts wert sind, gar nichts. Auch mit der Mama könnte ich darüber nicht sprechen. Sie würde ins Klo rennen und würde sich übergeben, wie sie es getan hatte, als im Fernsehen von dem Mann erzählt wurde, der in Belgien Mädchen getötet hat, indem er in seinem Häuschen einen tiefen Keller ausgehoben hat und dort ein Gefängnis einrichtete, tief unten in der Erde. Ich glaube, der einzige Mensch, dem ich die Geschichte von Tschakko erzählen könnte, wäre die KS. Alles, was ich von ihr weiß, läßt auf eine Person schließen, die ihre Tassen im Schrank hat. Sie würde vielleicht meine Hand halten, mit beiden Händen vielleicht, mit der einen meinen Daumen, mit der anderen meinen kleinen Finger, was ich ganz bestimmt nicht leiden könnte, aber sie würde mich aus der Sache von Tschakko heraushalten können, das traue ich ihr zu, nur ihr, von allen Menschen, die ich kenne, obwohl ich sie nicht kenne. Es war meine Idee, zur Königin von Saba KS zu sagen.

Am Ende dieses einzigartigen Abends bat ich meine Mutter, sie solle doch einmal wieder das Molekularverbindungstechnik-Lied singen.

Eine Woche in einem ganzen Leben ist nicht viel. Eine Woche in meinem Leben ist wenig. Da verändert sich an mir nichts. Daß zum Beispiel meine Hände anders werden und nicht mehr den Händen meines Großvaters ähnlich sehen oder ihm doch ähnlich sehen. Ich glaube, daß ich in meinem Leben, alles zusammengerechnet, mehr als eine Woche die Hände gewaschen habe. Obwohl ich die Hände eigentlich nur dann wasche, wenn meine Mutter es mir sagt. Sie meint, Hände müssen gewaschen werden, auch wenn der Dreck nicht vordergründig ist und die Finger kleben. Ich habe einmal eine Sondersendung über Jesus Christus gesehen, die war allerdings nicht sehr genau. Folgendes kam darin nicht vor: Der Mann, der unseren Herrn Jesus Christus verurteilt hat, wusch seine Hände in Unschuld, und das heißt, er wusch sich die Schuld von den Fingern. Das hat mir die Großmutter erzählt, als wir auf dem Friedhof frisches Weihwasser in den Grabbehälter vor dem Großvater füllten. Ich erzählte ihr bei dieser Gelegenheit die Geschichte von dem Polizisten in der roten Uniformjacke, als er mit einem Jeep einen reitenden Jäger verfolgte. So waren wir beide, was das Geschichtenerzählen betrifft, quitt, meine Großmutter und ich. Es hat mich gewundert, daß sie mir zugehört hat und obendrein interessierte Fragen gestellt hat, die ich ihr alle beantworten konnte und auch gern beantwortet habe. Denn über diesen Polizisten in dem roten Uniformrock wollte ich immer schon mit jemandem reden. Er ist nämlich ein Vorbild von mir. Und zwar deshalb, weil er nie die Nerven verliert. Sogar wenn er in einem Banksafe eingesperrt ist und sich ausrechnet, daß in wenigen Stunden die Luft ausgeht, es aber Samstag abend ist und erst am Montag morgen wieder jemand in die Bank kommt, verliert er nicht die Nerven. Auch darüber habe ich mit meiner Großmutter gesprochen. Sie sagte, sie könne verstehen, daß ich diesen Mann bewundere, denn auch sie wäre immer gern eine gewesen, die nicht so schnell die Nerven verliert. Ich sagte, ach, du verlierst doch eh nicht so schnell die Nerven. Sie sagte, doch, doch, da mache ich mir nichts vor. Ich sagte, ich finde das aber nicht so schlimm. Sie sagte, na, ich weiß nicht. Es war zum erstenmal schön mit ihr. Ich sagte zu ihr, sie habe eine gelungene Frisur. Daß sie eine Tüte Eisbonbons bei sich hatte, die sie mir dann zur Gänze überließ, damit war überhaupt nicht zu rechnen gewesen.

Sollte ich je gestorben sein, müssen sie mir kein Wasser aufs Grab spritzen.

Meinen Pyjama habe ich wahrscheinlich nicht mehr als eine Woche, mein ganzes Leben zusammengezählt, ausgezogen, weil ich meinen Pyjama nur einmal in der Woche wechsle und er mein tägliches und nächtliches Kleidungsstück ist. Ich habe sieben Pyjamas, drei dicke für den Winter, vier dünne für die übrige Zeit. Ich mag nur die Winterpyjamas. Ich wundere mich jetzt im Moment, wo ich darüber nachdenke, daß das Pyjamatragen, auch beim Einkaufen im Supermarkt, Gummistiefel an den Füßen, Anorak über dem Oberteil, für meine Mutter nie ein Problem war.

Wir redeten nie darüber. Wenn wir gemeinsam weggingen, richtete sie mir Kleidungsstücke auf mein Bett, von der Unterwäsche bis zur Schiebermütze, das untere nach oben, als ob ich ein Blinder wäre. Ich schließe beim Anziehen wirklich manchmal die Augen, und alles paßt.

Eine wolkenfreie Woche, eine Woche ohne Sorgen, die war leider so kurz. Alles Schöne vergeht zu schnell, und die schlechten Tage dehnen sich aus wie ausgeleierte Hosengummis. Jeden Tag kam meine Mama mit Emir nach Hause, sie hielten sich an den Händen und hoben mich hoch, als wäre ich ihr unvergleichliches Glück. Geschenke gab es täglich. Bilderbücher, Buntstifte und Pischingertörtchen. Die Großmutter wartete garantiert auf eine Einladung zum Essen, bei dem sie Neuigkeiten erfahren würde. Wir aßen immer nur zu dritt. Emir kochte Kartoffelpüree, und was davon übrigblieb, verwendete er am nächsten Tag als Soßendickmacher.

Einmal habe ich im Fernsehen einen Mann gesehen, der befand sich vor einer Wolke, und er hatte ein Mikrophon vor sich stehen und eine Gitarre hing an ihm. Er spielte aber nicht auf der Gitarre, sondern er hielt das Mikrophon mit einer Hand fest, und er sang nicht, wie ich erwartete, sondern er sprach. Er sprach englisch. Ich kann leider nicht Englisch. Das wäre natürlich auch etwas, was ich noch im Leben lernen möchte, wenn es geht. Er sprach so, daß ganz klar war, daß er etwas Wichtiges sagte, das merkte auch einer wie ich, der nicht Englisch kann. Mit der Hand fuhr er einen Kreis. Die Musik kam von hinter ihm. Ich war für etwa drei Minuten glücklich wie noch nie. Ich weiß nicht, warum. Ganz bestimmt nicht wegen der Musik, wegen der Musik ganz bestimmt nicht. Vielleicht weil er mit der Hand so langsam einen so großen Kreis zeichnete. Auch das geschah in dieser Woche.

Und noch etwas geschah in dieser Woche: Die Mama überantwortete mir einen Wohnungsschlüssel. Ich sei nun soweit. Ich war nun soweit. Nun konnte ich am Tag hinausgehen in die Welt.

Dann war die schöne Woche vorbei.

Ich könnte mir vorstellen, daß nach etwas Schönem nicht unbedingt etwas Schlechtes kommen muß. Aber wahrscheinlich läuft es doch so ab. In dieser Welt läuft es so ab. In einer Parallelwelt wäre alles denkbar. Man probiert das in Filmen und ganzen Serien aus. Aber es nützt nichts.

Auf meine Woche jedenfalls folgte der Katastrophentag. Mein Katastrophentag. Draußen Matsch. Der Himmel hatte die Farbe der Garagentore bei der Spedition Weiss. Wie ein Tier in sein Fell hätte ich mich gerne verzogen und mich versteckt vor diesem Tag und gewartet, bis er vorbei ist, und ein anderer wäre ich gewesen. Aber alles nützte nichts.

Ich ging zum Supermarkt. Mein Schlüssel hing mir an der Brust herunter. In der Hand hatte ich einen Fünfziger. Ich falte ihn immer dreimal zusammen, dann paßt er in meine Hand. Ich kann ihn so in die Handfläche klemmen, daß ihn niemand sieht. Das Nötigste wollte ich einkaufen für ein kaltes Mittagessen. Meine Mutter will auf keinen Fall, daß ich den Herd benütze. Brot muß sein. Esse ich gern. Daß man an den schönen Tagen das gleiche gern ißt wie an Katastrophentagen, das kann ich nicht verstehen, und es regt mich eigentlich auf.

Wenn ich auf meine Gummistiefel niederschaue, dann sehe ich bei jedem Schritt, wenn das Bein vorne ist, in eine kleine Schlucht hinunter zu meinem Fuß. Eine Schlucht im Gummistiefel. Unten trotzdem finster. Es wäre sehr schwer für mich, müßte ich zwischen Gummistiefel und Pyjama wählen und dürfte nur eines von beiden haben. So darf ich beides haben. Aber es nützt nichts. Wo endet diese Welt und wo beginnt die andere? Kann man mit einem Schritt übersetzen?

Braucht man ein Auto? Den Zug oder braucht man ein Boot?

Vor dem Supermarkt stand der Mann, der schon vor vielen Jahren eine grausame Operation hatte und nichts mehr tun kann, als vor dem Supermarkt stehen und mit den Leuten reden. Das ist seine einzige Freude. Hat er mir einmal erzählt. Und daß er um den Bauch ein Gestell hat, das man nicht sieht. Ohne das Gestell würde er zusammenfallen wie die Puddinge meiner Mutter, die sie in unseren Wassergläsern ansetzt und dann stürzen will, was immer lustig ist. Jedenfalls bisher immer war. Der Mann hat graue Haare und hat sie im Hinterkopf zu einem Roßschwanz zusammengebunden. Näher kann ich ihn nicht beschreiben, denn ich schaue ihn nie lange an. Wer das tut, der muß mit ihm reden. Darum schaute ich weg. Hätt ich nicht, hätt ich die böse Frau nicht gesehen. Aber ich hab. Die Supermarktscheiben waren mit Sonderangeboten verklebt. Bis auf einen winzigen Fleck, einen rechteckigen. Durch diesen sah ich die Frau, nämlich die mit der Sonnenbrille auch bei Regenwetter, die garantiert Unglück bringt, die aus einem Musikvideo gekommen ist. Mit ihrem großen Schritt wahrscheinlich.

Und diese Frau: Sie trug unseren Fellmantel.

Den ich Tschakko gegeben hatte. Der Pfeil schoß in meine Stirn hinein, und Kopfweh war da. Es war kein Kind in einem Wagen draußen. Der operierte Mann hätte auf den Wagen aufgepaßt. Hätte er gern getan, was für andere gut ist. Kein Wagen. Kein Kind. Sie hat Tschakko genommen und hat ihm den Mantel genommen.

Ich versteckte mich beim Weißglascontainer. Hatte jetzt keinen Hunger mehr. Sie kam aus dem Supermarkt, trug einen Rucksack aus Goldmaterial über einer Schulter, der war so klein wie eine Schildkröte.

Sie ging zügig, schaute geradeaus. Die großen Schritte. Ich folgte ihr. Die Sohlen ihrer Stiefel schlugen auf den Asphalt. Die großen Schritte. Dann nahm sie die Abkürzung über die Böschung. Ich kam nur mit, wenn ich rannte. Schleichen und rennen. Der Mantel, der unsere, streifte am Brombeergebüsch. Einmal drehte sie sich um, da lief ich einfach weiter. Sie ging am Fluß entlang. Jetzt langsamer. Sie stolzierte in der Mitte des Weges. Als läge da ein Kokosläufer, rot wahrscheinlich. Vögel saßen auf den Weiden. Der Fluß war wie mit rollender grauer Wolle gefüllt. Sie summte und bewegte sich so, daß ihr Rücken schaukelte, und der Mantel wie ein Tier sprang.

Sie bog in Richtung Stoppelfeldgasse vom Weg

ab. Da stehen Schachteln und Häuser mit viereckigen Gärten. Und eines war ihres. Ein graues, unten grünlich, Fensterläden auch grau, oben zu. Sie stieß mit ihrem Stiefel die Gartentür auf. Drei Stufen führten zur Eingangstür. Ich sah, wie sie auf den Klingelknopf drückte. Mit den Knien wippte, als müsse sie aufs Klo.

Tschakko öffnete die Tür.

Ich wußte von Not und Pein. Ich rannte mit einer Beute, die ich nie gestohlen hatte. Und nicht haben wollte. Und sicher nicht brauchen konnte. Nur etwas wissen, was nützt das? Weg von der Frau, die Schaden anrichtet. Am Fluß entlang rannte ich, dachte wieder nicht an mein Brot. Hielt den Fünfziger in der Hand. Er war naß. Weil meine Hand naß war. In unseren Block rannte ich, in den lieben Blick mit dem traurigen Geruch nach Weichspüler vom Keller, und nahm zwei Stufen auf einmal.

Aber es war mein Katastrophentag. Es nützte alles nichts.

Vor unserer Tür stand eine Frau. Lehnte an der Wand neben der Tür, so war es genau.

Folgendes sagte sie: »Kennst du mich? Ich warte hier auf jemanden von euch. Darf ich mit hereinkommen?«

Ich bückte mich zum Schlüsselloch nieder,

schloß mit meinem Schlüssel auf. Ich ließ sie vor mir hinein, und ich sagte, sie soll in die Küche gehen, und zeigte ihr die Küche, und sie setzte sich und ließ ihren Mantel an. Sie setzte sich auf den schlechten Stuhl. Freiwillig.

Sie sagte nichts. Sie war groß und hatte blondes Haar, und ich wußte, wer sie war.

KS.

Ich setzte mich auf einen der guten Stühle. Ich kann das müdeste Gesicht machen, das man sich vorstellen kann. Und aus meinem müden Gesicht heraus feure ich dann meine Blickraketen ab. Ich richtete meine Augen in ihr Gesicht. Ich spürte, wie mir der Mund herunterhing vor lauter müdem Gesicht. Ich stach in ihre Pupillen hinein. Ich schickte meine Strahlen. Lang. Wie ein Foto war ich. Die Großmutter hätte bereits geschrien. Aber KS stach zurück. Alle Blicke sind leise. Man hat bei den Blicken einfach den Ton abgeschaltet, weil sonst so ein unglaublicher Lärm wäre auf der Welt. Ich hatte das Gefühl von Läusen am Kopf.

Ich ging in mein Zimmer. Den Schlüssel drehte ich um. Ich saß auf dem Teppich und schluckte leer. Mir war ein bißchen schlecht. Ich hätte Brot haben wollen und Limonade. Mit den Fingern begann ich, die Teppichfransen zu kämmen. Da hörte ich ihr Klopfen an meiner Tür.

Sie sagte folgendes:

»Dann hör mir einfach nur zu. Ich weiß, wie du heißt. Du heißt Ferdinand. Ich will dir auch sagen, wie ich heiße. Ich heiße Veronika. Alle nennen mich Veronique. Ich habe das selbst einmal so gewollt. Heute finde ich es lächerlich. Wenn ich es nicht noch lächerlicher fände, auf einmal alle zu bitten, mich wieder Veronika zu nennen anstatt Veronique, dann würde ich es tun. Alles, was ich über dich weiß, Ferdinand, läßt mich glauben, daß du alt genug bist, auch zu verstehen, daß ein anderer Mensch unter Umständen anders denken kann als man selbst. Ich will ja nicht, daß du so denkst wie ich, aber ich möchte, daß du weißt, wie ich denke. Mein Mann ist mein Mann, und auch wenn er zur Zeit bei euch wohnt und auch wenn er zur Zeit vielleicht zu euch sagt, er will noch lange bei euch wohnen bleiben, ist er trotzdem noch mein Mann. Ich nehme das sehr ernst. Wenn ich das nicht ernst nähme, könnte ich einpacken. Ich muß etwas haben, woran ich mich festhalten kann. Mein Mann ist vielleicht das einzige, woran ich mich festhalten kann. Ich weiß das noch nicht sicher. Ich überlege zur Zeit, ob es etwas anderes geben könnte für mich. Und ich versuche, unvoreingenommen und fair zu sein. Ich weiß, das ist, wie wenn man gegen sich selber Schach spielt. Ich bitte deine Mutter und dich nur um eines. Willst du dir das merken und es deiner Mutter mitteilen? Ich bitte darum, ihn mir nicht ganz wegzunehmen, falls ich draufkomme, daß es ohne ihn für mich auf gar keinen Fall geht. Wir könnten es uns irgendwie einrichten, ich weiß noch nicht genau wie. Aber ich bin überzeugt, wenn wir uns alle einmal zusammensetzen, dann fällt uns etwas ein. Wenn ihr von vornherein und auf alle Fälle darauf besteht, daß er nur noch euch gehört, dann weiß ich nicht, was ich mit meinem Leben anfangen-kann. Ich bitte euch also nur um eines, nämlich daß ihr mir nicht ganz und gar die Hoffnung wegnehmt. Sagt einfach: Veronika, es kann durchaus sein, daß er eines Tages wieder zu dir zurückkommt. Das genügt mir. Und es wäre ja sicher auch die Wahrheit, denn in die Zukunft schauen kann niemand. Ich verspreche euch dafür, daß ich euch unverzüglich mitteilen werde, wenn ich etwas anderes gefunden habe, woran ich mich festhalten kann. Ich weiß, so etwas, was zur Zeit mit mir passiert und was zur Zeit mit deiner Mutter und mit dir und mit Walter passiert, das ist normal. Es ist schon oft passiert, schon vielen Leuten ist es passiert. Und ich weiß auch, es nützt uns nicht viel, wenn wir wissen, daß wir nicht die einzigen sind, denen so etwas passiert. Aber vielleicht nützt es doch ein bißchen. Hoffentlich. Ich weiß sonst nicht, was nützen könnte.«

Dann war sie fertig.

Ich habe kein Wort gesagt. Sie klopfte noch einmal, sagte noch einmal meinen Namen. Dann ging sie weg von meiner Tür. Aber zur Wohnung hinaus ging sie nicht. Und in die Küche ging sie auch nicht.

Ich rutschte von meinem Bett, legte mich neben meinem Bett auf den Boden. Griff mit der Hand unter das Bett. Kroch halb unter das Bett. Öffnete den Knoten der Schnur. Nahm das Gewehr. Kroch unter dem Bett hervor. Drehte langsam den Schlüssel um. Öffnete die Tür. Betrat den Gang. Ich sah KS im Schlafzimmer sitzen. Sie saß auf dem Stuhl. Sie trug ein hellgraues Kostüm. Ihren Mantel hatte sie abgelegt. Sie zeigte mir den Rücken. Ich schlich mich nahe an sie heran. Als sie mich hörte und sich zu mir umwenden wollte, ging ich in die Hocke.

Ich schoß das Gewehr ab. Ich bekam einen Schlag und wußte zuerst gar nichts. Dann war Rauch da. Ich hatte keinen Knall gehört. Geldscheinfetzen flogen in der Luft. Und am Boden lagen Frankenscheine.

Und KS war tot.

Die kaputte KS, die im blutigen Kostüm nie

mehr ins Leben zurückkehren kann. Man denkt sich: Eine Möglichkeit gibt es noch, nämlich daß alles nicht ist. Aber es ist so still und dunkel und trostlos. KS, bald wird sie steif sein wie ein zusammengerollter Teppich.

Ich bin gegangen, habe die Tür zweimal zugesperrt. Im Stiegenhaus ist mir niemand begegnet. Unten bei der Eingangstür blieb ich stehen. Ich hatte eine schwere Hand. Ich traute mich nicht umzudrehen. Ich blickte durch die Scheibe in der Tür nach draußen. Und ich traute mich nicht hinauszugehen. Ich dachte, ich muß das aber tun, ich muß wenigstens irgend etwas tun. Der schlimmste Gedanke war, in den Keller hinunterzusteigen. Die Tür zum Keller war nicht geschlossen, aus dem Spalt roch es herauf. Ich wollte aber nicht dort unten leben bleiben. Ich wollte irgendwo leben. Das hat es schon gegeben, daß einer zur Tür hinaus ist und nie wieder zurückkam. Aber das mußte ja nicht unbedingt auch auf mich zutreffen. Am liebsten, weitaus am liebsten hätte ich in Übersee in einer Wohnung gewohnt, im Bett dort, und wenn alles so ausgesehen hätte wie bei uns oben gestern zum Beispiel. Dann verließ ich unseren Block.

Auch draußen war niemand. Die Fenster bei

der Spedition Weiss waren geschlossen. Die Frauen dort oben können in unser Schlafzimmer schauen. Wenn die Vorhänge nicht zugezogen sind, könnten sie hineinschauen und alles sehen. Ich war mir ziemlich sicher, daß die Vorhänge zugezogen waren. Ganz sicher war ich mir nicht. Aber ich traute mich nicht, mich umzudrehen und hinauf zu unserer Wohnung zu schauen.

Es gelang mir nicht, schnell zu gehen.

Das heißt, ich begann schnell und wurde bald langsam und trieb mich wieder an und wurde wieder langsam. Als ich beim Fluß entlangging, wo ich erst vor einer Stunde gegangen war, wurde ich so langsam, daß ich stehenblieb. Und ich trieb mich nicht mehr an. Ich blieb stehen. Ich wollte nicht zu meinen Gummistiefeln hinunterschauen, wollte nicht in die Schlucht hinunter zu meinen Füßen schauen. Und auf den Fluß schauen wollte ich auch nicht. Es wunderte mich, daß es bei so einer Sache wie der meinen so ist, daß man auf einmal nichts mehr will oder nicht weiß, was man will. Am schönsten war die Baumrinde vor mir. Niemand weiß, was ich getan habe.

Beim Haus der Frau tat ich nicht, was ich gern getan hätte, nämlich wahnsinnig lang davor stehenzubleiben. Ich klingelte.

Die Frau machte auf. Das Kind hatte sie auf

dem Arm. Ich schaute sie nicht an, sagte: »Grüß Gott.«

Und zwängte mich an ihr vorbei. Nichts habe ich mir angesehen. Der Gang war dunkel. Nach Stall roch es. Das weiß ich, aber nicht, warum.

Tschakko lag in dem Zimmer, das nach hinten hinaus zeigte, er lag auf einem Sofa, über das eine feurigbunte Decke gebreitet war. Er hatte seine Stiefel an. Sachen hatte er an, die ich nicht kannte.

»Ja, he!« sagte er.

»Ich möchte mit dir allein sprechen«, sagte ich.

»Laß uns allein«, sagte er zu der Frau, die hinter mir stand und noch nicht ein Wort gesagt hatte. Und sie sagte auch jetzt kein Wort. Ich drehte mich nicht zu ihr um. Ich hörte, wie sie die Tür zumachte.

»Und?« fragt Tschakko.

»Jetzt wohnst du hier«, sagte ich.

»Vorübergehend«, sagte er.

Neben dem Sofa auf einem schlecht angemalten Stuhl stand ein Ding aus Glas. In dem Ding war ein anderes Ding, und auch das war aus Glas. Außenherum war eine Sauerei. Asche war da und Nasses auch.

»Was ist los mit dir?« fragte Tschakko. »Dein Kinn sieht anders aus.«

»Wie denn?« fragte ich.

»Anders«, sagte er.

Ich wischte drüber. Aber es hing nichts daran. »Immer noch anders?«

»Jetzt habe ich mich daran gewöhnt«, sagte er.

»Ist das Pump Gun?« fragte ich.

»Das ist sie, ja«, sagte er.

Ich nickte. Ich nickte nur. Es war wie Summen vor dem Einschlafen.

»Was ist denn los?« fragte er wieder. Nun setzte er sich auf. »He, Ferdinand! Bist du böse auf mich, weil ich jetzt hier wohne?«

»Nein«, sagte ich.

»Weil ich dir nichts gesagt habe?«

Ich schüttelte den Kopf. Und schüttelte den Kopf. Es war wieder wie Summen vor dem Einschlafen.

»Hast du Zeit, Tschakko?« fragte ich.

»Für dich immer«, sagte er und stand auf.

»Sollen wir nicht noch ein wenig hier sitzen bleiben?« fragte ich.

»Wenn du es willst«, sagte er und setzte sich wieder.

»Ich will es doch nicht«, sagte ich.

»Irgend etwas ist los«, sagte er, »stimmt's?«

»Ja«, sagte ich.

»Also dann gehen wir doch gleich«, sagte er.

Wir gingen am Fluß entlang. Ich redete noch

nicht. Ich mußte streng mit mir sein, damit ich nicht immer langsamer wurde. Ein bißchen schlecht war mir. Ich wäre fast froh gewesen, wenn es mir mehr schlecht gewesen wäre.

Dann sagte ich es ihm.

Und ich sagte ihm, daß ich mir wünsche, daß er mir hilft, es müsse aber gleich sein oder bald, jedenfalls, noch bevor die Mama und Emir kommen, das sei um fünf, jetzt war es ein bißchen über Mittag.

»Du hast allein zwei Menschen in den Fluß geworfen, dann können wir zu zweit einen Menschen in den Fluß werfen«, sagte ich.

Nur ich redete.

Dem Tschakko ist es schlecht geworden, richtig schlecht. Ich verstand das und hätte es auch gern gehabt. Er sagte, er habe nicht zwei Menschen in den Fluß geworfen. Und er sei auch nicht in die Hocke gegangen, sagte er auf meine Anfrage hin.

Er drehte sich weg. Er konnte sich nicht erbrechen. Es ging nicht. Es hat nur so geklungen. Aber es ging nicht. Dann lief er mir davon.

Ich lief ihm nach, verlor dabei einen Gummistiefel und gab sofort auf.

Das war mein Katastrophentag.

Was jetzt aus mir wird, weiß man nicht. Mutzle habe ich in den Fluß geworfen, damit niemand ihr heimzahlen kann, was ich getan habe. Vielleicht besteht ja doch noch eine Möglichkeit für mich, denke ich mir. Es gibt eine Fernsehsendung, die heißt *Lebensretter*. Da spricht eine Frau mit Menschen, die anderen Menschen das Leben gerettet haben. Ich müßte schauen, daß ich irgendwann jemandem das Leben rette, und wenn es dann im Fernsehen kommt, dann weiß es jeder, und ich bin wieder eben.